主编 孙建江 /
副主编 胡丽娜

卖梦的梦人

高源 著

希望出版社

图书在版编目（CIP）数据

卖梦人的梦 / 高源著；孙建江主编；胡丽娜副主编. — 太原：希望出版社，2024.1

（希望童年.幻想风）

ISBN 978-7-5379-8934-3

Ⅰ.①卖… Ⅱ.①高… ②孙… ③胡… Ⅲ.①中篇小说—中国—当代 Ⅳ.①I247.45

中国版本图书馆CIP数据核字（2024）第003817号

孙建江/主编　　胡丽娜/副主编

卖梦人的梦
高　源/著

MAIMENGREN DE MENG

出　版　人：王　琦			美术编辑：王　蕾	
责任编辑：宸源雪　张泽坤			插　　图：何　蕊	
复　　审：翟丽莎			封面设计：潘　洋	
终　　审：王　琦			责任印制：刘一新　李世信	

出版发行：希望出版社
地　　址：山西省太原市建设南路21号
开　　本：880mm×1230mm　1/32　　印　张：6.5
版　　次：2024年1月第1版　　印　次：2024年1月第1次印刷
印　　刷：山西人民印刷有限责任公司

书　　号：ISBN 978-7-5379-8934-3　　定　价：36.00元

版权所有　盗版必究

序

孙建江

"希望童年"原创儿童文学丛书就要面世了。

借此机会,说说丛书的缘起和策划。

希望出版社是国内有影响的出版机构,历来重视儿童文学出版,我熟悉的两任社长本身就是作家,深知儿童文学在童书出版中的重要性。

两三年前,我和出版社领导就儿童文学出版现状进行过一次较为深入的交流和探讨,我们对很多问题的看法颇为接近,相谈甚欢。此后不久,出版社领导向我发来了邀约,邀我为他们主编一套儿童文学丛书。随后,又多次来电话或派编辑前来与我交流。

他们满满的诚意我当然感受到了。这是一种信任,我无从拒绝。

经反复梳理、思考和评估,我向出版社提交了丛书策划方案。

　　这套丛书总书名为:"希望童年"。丛书包括四个子系列:"希望童年·幻想风"(童话)、"希望童年·生活派"(小说)、"希望童年·美文坪"(散文)、"希望童年·哲理坊"(寓言)。其中,"幻想风""生活派"为主打子系列。

　　关于"幻想风""生活派",我的设想是这样:内容积极健康,传播正能量。创作题材和主题以作者最有感触、最想表达、最熟悉的生活为切入点。鼓励创新,鼓励个性化表达。每部作品一般不超过7万字。在作者人选方面,特别注重国内有一定影响和有潜质的新锐儿童文学作家,以80、90后为主体,包括崭露头角、从未出版过作品的新锐儿童文学作家。每部作品分别由评论家专文评析导读。

　　出版社看到这个策划方案后,非常支持,立即配备了文学编辑室的精兵强将对接。

　　随后,我又邀青年学者胡丽娜协助我主编,她欣然应允。

　　进入邀稿、故事构思、具体撰写环节后,我们与每一位作者进行了详细沟通和讨论。

　　作家们很支持,认真准备,全情投入,悉心打磨,一遍又一遍修改,有的作者甚至一连修改了四五稿。在"快写作"的当下,有这样一群耐得住寂寞、精益求精的写作人,我很欣慰。

这是一套开放式丛书,后续出版视读者反馈适时跟进。

努力发掘儿童文学新人,努力呈现中国儿童文学的新质,努力推出有特色、有温度、有品质的儿童文学作品。

期待读者的检视。

是为序。

目录

第一章　喝了就会做梦的奶茶　001

第二章　梦太多也是一种烦恼　015

第三章　梦真的可以治病　029

第四章　买噩梦的人出现了　039

第五章　你该养一只这样的宠物　055

第六章　我毕业后来这儿卖三明治吧　069

第七章　我把秘密告诉了他　083

第八章　不知道他们后来都怎么样了　101

第九章　我做过你做过的噩梦　115

第十章　或许这就是家的感觉　129

第十一章　他就这样从我的生活中消失了　139

第十二章　能给我讲讲你的童年吗　153

第十三章　这就是我小时候住的地方　165

第十四章　后来的事　181

后记　一场梦　189

导读　比梦更重要的是理解和关爱 / 吴其南　195

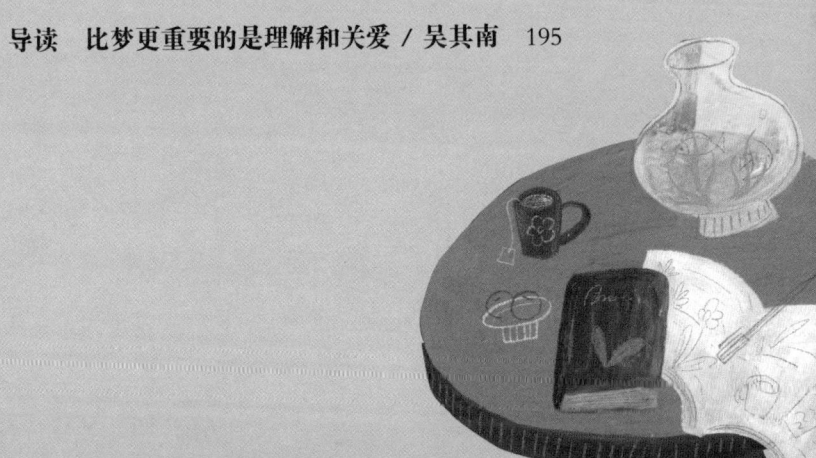

第一章

喝了就会做梦的奶茶

大学毕业后,我在学校西门外开了一家卖梦的小店。

是的,卖梦。

想去我的店里看看吗?从西门出来,左手边,第九家店铺。

你可能要问:不对啊,这不就是家奶茶店吗,实在看不出跟梦有什么关系啊。

哈哈,你没看错,我是故意把它伪装成奶茶店的。

如果对外直言我卖的是梦,那么相关部门的工作人员不仅要吊销我的营业执照和食品卫生许可证,搞不好还会叫辆车,把我送到医院的精神科去检查一番。

第一章 喝了就会做梦的奶茶

为了生存,我只好将它伪装。

所以,你第一眼看到的只是一家普普通通的奶茶店:一个操作台,一条又窄又长的吧台,四只吧椅。但当你走进去,就会发觉似乎哪里不对劲——

做奶茶的茶叶多达上百种,分门别类收在小抽屉里,满墙的抽屉很像中药店的药柜;价目表是用铅笔写的,上面尽是一堆匪夷所思的名字:

  爬山的梦

  能看到天空的梦

  吃冰激凌的梦

  放学回家的梦

  杯子里长出苹果的梦

  告别时流泪的梦

  ……

这、这、这,这都是些什么啊?你一脸茫然。

这时我便会探出身子,凑在你耳边耐心地解释:

"这些都是奶茶的品种。我做的可不是普普通通的奶茶哦,这些奶茶有独特的功效,喝了之后能让人做梦。入梦快,体验强,梦境清晰,感受真切。"

是的,我卖的是梦——

不是象征意义上的梦想,不是想象出来的白日梦,也不是梦幻之类的幻觉,而是睡眠过程中生长出的梦境,是人在梦的世界里的记忆。更准确地说,是我做过的梦,是我在梦境中的经历和体验。

你一定会不可思议地打量我,心里嘀咕:"这个店主小姐姐看起来挺正常的,说的却是什么痴话……"

我早就习惯了这种欲言又止的复杂眼神,不再多做解释,只是在操作台上手脚麻利地给你做一杯奶茶:是真是假,试试就知道了。

如果你点的是那款"能看到天空的梦",我就从上百个抽屉里找出记录天空之梦的叶子,放入沸水煮半分钟,再把煮好的茶水掺进普通的奶茶,搅匀,根据你的喜好加入烧仙草、椰果、珍珠等配料。

第一章 喝了就会做梦的奶茶

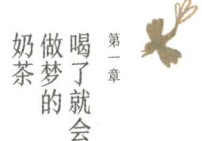

嗯，天空梦的奶茶就做好啦。

喝完这杯奶茶，相信我，今晚你就会梦到天空：可能是推开窗户看见雾霾散去后的靛蓝，可能是躺在沙滩上数了一千颗星星，也可能是变成一只鸟，在云团之间飞得如痴如醉。

我每天做的梦都在变化，无法持续稳定地提供同一个梦，而且，每片叶子最多煮三次就没有梦了。所以，在我的店里，奶茶品种无法固定，菜单和价目表是手写的，每周都会更新一次。如果你错过了本周的梦，下周就只能尝试一套全新的梦了。

我知道这种做法会让本店显得不太靠谱，唉，那也没办法，生活的真相就是这样：没有什么能够重来，错过了就是错过了。

不过话又说回来：错过又有啥大不了的，不就是个梦嘛！

看到这儿你可能忍不住要问："那些能煮出梦的神奇叶子，是从哪儿弄到的呀？"

以前也有顾客心血来潮,提出想要摘几片自己回家煮,或者想批量购买,也开一家类似的小店。

抱歉,恐怕要让你失望了:那些叶子,是从我头上长出来的。

说实话,起初我也不知道自己有这种特异功能,只是从小就纳闷,为什么每次睡觉醒来时,头发里都会掉出几片奇奇怪怪的叶子。那些小小的叶片形状各异,颜色不一,薄厚不均,就算是经验丰富的植物学家,也判断不出它们到底来自什么植物。

要知道,我每天睡前都会把头发洗干净,然后仔细擦干。我的枕头很干净,床边没有放任何盆栽,卧室的窗户也关得严严实实。这些叶子不是从外面带回来的,不是屋里长出来的,也不是大风吹进来的,那么……

除了自己的脑袋,我实在想不出它们的来路。

正常人的脑袋应该只会长出头发而不是叶子吧,如此说来,我就是不正常的人了。这个发现让我小小

地紧张了一下,然后是兴奋,接着还莫名地有点儿骄傲。

可惜我一直都不知道那些叶子里居然储存着梦,直到上大学后……

那是一个深冬的夜晚,寒风凛冽,灰沉沉的天空下酝酿着暴雪前的阴郁。大约凌晨一点,我从一个噩梦中哭醒,四肢僵冷,心脏剧烈跳动,脸和枕头都被泪水沾湿了。我摸索着从床头抽出一张纸巾擦了擦泪,浑身发颤地躺着,静静缓了一会儿。

虽然已经完全清醒,可刚刚在梦中经历的情景依旧那么真切。悲伤郁结在胸口,像河面上厚厚的浮冰相互碰撞,发出砰砰的闷响。

那是我再熟悉不过的噩梦,自从有记忆以来,它反复出现了许多次,而且经常在月圆之夜造访。它说来就来,轻车熟路,破门而入,让人防不胜防。作为一个虚幻的梦,它似乎伤害不了我,除了让我哭着醒来,内心惶恐而冰凉。

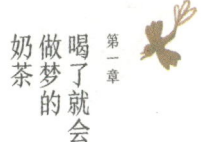

第一章 喝了就会做梦的奶茶

过了一会儿,我完全回到了现实世界。一抹暖橘色的微弱灯光渗了过来,寂静中只有键盘轻轻的敲击声。

宿舍是三人间,上床下桌,对面床的莎莎永远是睡得最晚的那一个。

我拉开床帘,踩着梯子从上铺慢慢爬下来。

"你居然还没睡?"莎莎扭过头惊奇地问。

"睡了,又醒了。"

我浑身无力地伏在桌边,没开台灯,喝了两口水定了定神,重新爬回床铺。光线昏暗,我完全没注意到,一片叶子从头发里掉了出来。

叶子落在桌面,第二天被莎莎看见了。她的好奇心旺盛得像个幼儿园小孩,立刻就捏在手里把玩。

"我还真是头一次见到这样的叶子,好诡异的颜色啊!"她瞪大眼睛左看右看,"奇怪,大冬天的,哪儿来的叶子?"

小小的叶片,形状像初春的柳芽,颜色却凝重得

很，绿里透着些灰蓝。

"这个……"

我一直努力隐瞒自己是"不正常的人"这件事。头上长叶子，怎么看都不像是件好事，让太多人知道恐怕还会惹来麻烦，所以平时我都会把叶子收进抽屉藏起来，或者用纸包好，悄悄丢进垃圾桶。

"这……这是我新买的茶叶。"话一出口，我自己都愣了一下，"嗯，茶叶。只剩最后一片了，别的都喝完了。"

我磕磕绊绊地撒谎。唉，这种事我真的不太在行。

"茶叶？什么茶？好喝吗？"莎莎追问。

我还没想好怎么回答，她就把叶子丢进杯子，倒上开水。我吓了一跳，却也找不出理由阻拦，只能在心里拼命祈祷叶子千万不要有毒。

理论上说，叶子是从我头上长出来的，我体内没毒，叶子应该也不会有毒吧？这么想着，我才稍稍安下心来，然后努力把话题转移到别的事情上："今天

第一章 喝了就会做梦的奶茶

下午的课是不是要收作业呀，你写完了吗？对了，我听说食堂最近新推出了一道菜……"

莎莎并没有专心听我说话。她端起杯子吹了又吹，等水不那么烫嘴，就迫不及待地尝了那杯"茶"。

"味道很淡，"她咂摸了一会儿，"好像……有点儿咖啡味儿？"

我没喝过，不知道是什么味儿，只好尴尬地笑笑，继续锲而不舍地转移话题。

谢天谢地，可能那杯"茶"的味道不怎么好，她并没有追问在哪里能买到。

第三天有早课，早晨，莎莎的闹钟尽职尽责地吼了十分钟也没能把她喊醒，我和另外一个室友路菲费了好大劲儿，好不容易才把她推醒。

莎莎从床上爬起来，满脸是泪。我们吓了一跳。

"你怎么啦？"

"居然做噩梦了。"她抬起手背擦了擦眼睛，吸了吸鼻子。

这可真是稀罕事！莎莎向来睡眠质量很高，几乎从不做梦。

"梦到什么了？"

"梦到……"她皱着眉回忆，"梦到一大群人忽然离我而去，抛弃了我。"

我心里咯噔一下。

她接着说："都是熟悉、亲切的人。一开始他们围在我身边，大家挨在一起，我感到很温暖，很安全。可是不知为什么，他们一下子全散了，离得越来越远，剩下我孤零零一个人。我怎么哭喊都没有回应，心里好怕，好慌……"

我震惊得说不出话：天哪，这不就是我前天晚上做过的梦吗？怎么回事？难道仅仅是个巧合？

那天我思索了很久，觉得问题八成出在那片叶子上。除了叶子泡出的水，我和莎莎之间并没有深层次的联结——比如交流心底隐秘的情绪——她怎么可能知道我的噩梦呢？

第一章 喝了就会做梦的奶茶

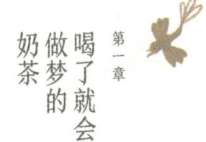

这么跟你讲吧：世界上不会有任何人知道我的噩梦，因为我从不把它们说出来。

想来想去，我索性拿自己做了个实验：把前一天夜里头上长出的叶子泡在热水里，然后把水喝了。

确实如莎莎所说，味道很淡，但我觉得不像咖啡，倒有点儿大麦茶的暖香，可能叶子不同，味道也各异吧。

不出所料，那天晚上，我果然做了和前一天完全相同的梦！

太不可思议！太奇妙了！

我不禁陷入了无尽的幻想：我能拿这些承载着梦的叶子做些什么呢？会有人主动想要做梦吗？人们不是总说清醒比做梦更好吗？他们愿意喝下叶子泡出的茶吗？

我甚至开始想入非非：有没有可能拿这些梦来谋生呢？

当时距离毕业还有一年，身边大多数同学都开始焦虑找工作的事了。大家忙着在网上搜索招聘信息，

制作简历,参加大大小小的招聘会,风风火火地跑去各种公司实习。而我却乖乖上课,或整日泡在图书馆看书,哪儿都懒得去,只有想喝奶茶的时候才会出一趟校门……

等等!奶茶!

我捧着手里的杯子,灵机一动。好主意像肥皂泡一样一串串华丽地冒了出来。

嗯,就是这样,你面前的这家奶茶店就是这么来的。是不是很神奇?真没想到,我小心隐藏的特异功能并没有给我带来什么困扰,反倒帮我免去了找工作的麻烦。

哦,对了,虽然我知道那些叶子的来由和神奇的功效,但我至今也不明白为什么我的头上能长出叶子。如果你认识这方面的医生、博物学家或者魔法师,请一定要介绍给我,我会感激不尽,送你一百杯奶茶和一百个美梦。

第二章

梦太多
也是
一种烦恼

你经常做梦吗?

我敢说,你的梦再多,也肯定比不过我。

我每天一睡着就开始做梦,一个接一个地做梦,而且醒来后很久也忘不掉那些梦。哪怕只是课间趴在桌子上打个盹,仅仅十几分钟,梦也会见缝插针地到来。

如果把我这一生做的梦全部加起来,那些叶子啊,是不是能凑齐一片森林——也可能是两片森林?哦,这个好像没法估算,毕竟我不知道自己究竟能活多少岁。

说实话,有时我真的很羡慕莎莎那种几乎从不做

第二章 梦太多也是一种烦恼

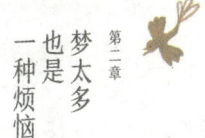

梦的人,头脑一片空白,安安稳稳一觉睡到天亮,多舒服啊。

有梦的睡眠是很轻的,轻得风一吹就飞起来,飞到另一个世界。有梦的睡眠是很累的,每个夜晚我都被扔进未知的世界探险,没有一刻能得到真正的休息。

真想要那种如同潜入深海的密不透风的睡眠啊,真想体会一次有着坚实墙壁保护的完整的睡眠啊,而不是我这种,像被一层窗户纸包裹着的睡眠,轻轻一戳,就破了。

梦把我的睡眠戳了许多小小的针眼儿,外面世界的光线透进来,就成了一片星空。

我从小就相信,在我们生活的这个现实世界之外,还存在许多其他种类的世界,梦的世界是无限而丰盛的。从这个角度来说,我还是挺喜欢做梦的,层出不穷的梦境让我感觉自己活得无比充实,好像在平行世界经历了许多种人生。

嘘——再告诉你一个秘密:偶尔,我会把梦里的

第二章 梦太多也是一种烦恼

事当成真实发生过的事。

唉,这真的很要命!

有一次,英语课的外教给班里的学生群发邮件,通知说课程取消一次,于是,那个周二的下午我没有去上课。太开心了,我一向最讨厌英语课!

没想到,室友路菲下午回来,一进门就问我为什么逃课,课上外教点名正好点到我,扣了出勤的分数。

我蒙了:"今天的课不是取消了吗?"

"取消?没有啊,谁说的?"

"外教发邮件通知的呀!"

我气急败坏地打开电脑,一边登录邮箱一边愤慨地叫道:"岂有此理,他怎么能出尔反尔……"

等等,邮件呢?怎么没了?!

我的额头开始冒汗,把收件箱里的信息一行一行仔仔细细看了几遍——确实没有!可我明明清楚地记得自己之前打开邮件,一字一句读了那些英文,然后拍着桌子乐得笑出声的情景啊!

难道是我不小心删掉了?我赶紧看了眼垃圾箱,也没有。

"肯定是你记错了,"路菲说,"可能是别的课取消,不是英语课。"

"不!我的记忆非常清晰。"我百口莫辩。

"难道是产生了幻觉?"

"不可能,我的脑子没问题!"

路菲无奈地耸了耸肩。

我强迫自己冷静下来,陷入沉思:我确确实实经历了那件事,记忆那么真切鲜活,像刚切开的西瓜,汁水还留在手上,香气还闻得到。可是很显然,现实中并没有发生那样的事,如此说来……

"如果英语课真的没取消,那只有一种可能:我做了个梦。我在梦里经历了那件事。"我一本正经地说。

听完我的话,路菲反应了几秒,眼神里混杂着困惑和同情。她一定觉得我不可理喻。

"你是有多不想上课,居然能做出如此真实,真

第二章 梦太多也是一种烦恼

实到信以为真的梦!"她用手扶着额头,"我整天半睡半醒,浑浑噩噩,脑子竟然还比你清楚一点儿。"

路菲跟莎莎一样几乎从不做梦,但原因截然不同:莎莎不做梦是因为睡眠质量好,路菲不做梦却是因为压根睡不着。

路菲常年失眠,只能在白天见缝插针地迷糊一小会儿,勉强能维持正常生活。那种迷糊又短又浅,根本没有梦的容身之处。

宿舍里,我和路菲总是最早熄灯躺下的。每天晚上,我很快睡着,在梦的世界里历经百转千回,醒来时,却发现路菲还在锲而不舍地努力试图入睡。她清醒地从深夜躺到黎明,眼睁睁看着天一点儿一点儿亮起来。

想到这些,我心里总会泛起酸楚,同时觉得,相比于失眠,自己被梦折磨似乎还更好受一点儿,所以还是不要再抱怨了。

曾经我忍不住问路菲:"在漫长静谧的黑暗里,你都想些什么呢?"

卖梦人的梦

她沉默片刻,声音低得好像要沉进水里:"我会想过去和未来,唯独不想现在。而在白天,我只想现在,不去想过去和未来。"

她总是有些神秘且让人佩服的。要知道,别人要是像她那样常年失眠,早就神经错乱、身体垮掉了,而她,在浑浑噩噩的状态下居然还能好好学习,成绩拔尖,每年都拿一等奖学金!

不好意思,扯远了。咱们先不聊学习,不聊成绩,太影响心情了。

说回梦的话题:如果可以,我还是不想做那么多梦。马不停蹄地做了二十年的梦,实在是有点儿累了。

我的梦太多了。梦塞满了我的记忆,梦的叶子塞满了我的抽屉,没人来帮我分担,感觉真的很累。幸亏开了这家奶茶店,用这种方式处理掉承载着梦的叶子,既可以卸下重担,又能解决生计问题,还能给想做梦的人提供一些梦境,真是一举多得。

遗憾的是,大多数顾客在意的,都不是喝完奶茶

第二章 梦太多也是一种烦恼

后会梦到什么,而是这杯奶茶是什么味道,有哪些配料,要多少钱。

特别是那些大人,他们选择时,更习惯把注意力放在全糖、半糖还是少糖,冰的、热的还是常温的,对菜单上丰富有趣的梦的名字连看都不看一眼。

如果我把前面对你作的解释说给他们听,他们要么嘲笑我异想天开,要么夸我过于浪漫,要么以为我在开玩笑说疯话,反正都不相信奶茶会有如此魔力,不相信世界上每天都有奇异的事情发生。

"喝了奶茶就能做梦?哈哈,你在做白日梦吧!"

就算真的梦到了什么,他们醒来后一扭头就忘掉了,或者在赶去上班的"兵荒马乱"中慢慢淡忘了。就算没忘,他们也不会把梦跟前一天喝的奶茶联系起来。

他们会不屑地说:"只是碰巧而已。小概率事件。"假装自己很聪明,什么都懂。

你看,这些人是不是挺可怜的?

卖梦人的梦

我记得刚开业时有个顾客,是个穿正装的白领,三四十岁,妆容精致,头发稀薄,带着香水味儿气势汹汹地杀过来,熏得我下意识地往后退了两步。

她嚼着奶茶里的珍珠,饶有兴致地研究了一会儿价目表,然后用长指甲敲敲操作台,手里刷地弹出一张名片。

"小妹妹,看得出你很有创意,想来我们公司做策划吗?就在马路对面,三十三层。"

她认为我给那些奶茶起稀奇古怪的梦的名字,只不过是一种营销的手段。

大人们都不太相信我说的"喝了奶茶就会做梦"这种鬼话,但令人欣慰的是,孩子们很少怀疑,他们甚至会为了某种类型的梦而特意跑来一趟。

有个戴眼镜的小胖同学,每次来都必点与食物有关的梦,而且点名要高热量的食物,不是汉堡就是披萨,因为他父母监督他减肥,严格限制他吃这些东西。如果那段时间我没在梦里吃过东西,没法提供相应的

第二章 梦太多也是一种烦恼

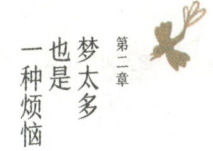

梦,他就满脸失望,连连叹气。

"让你梦到自己考了满分,这样的奶茶可以吗?"我试着找代替品。

"完全是两码事嘛。"小胖严肃地摇头。

小孩儿的纯粹真是可爱啊。

小孩儿的愿望都好简单啊。

还有一个印象深刻的,是在校服外面套蓝色羽绒服的小女孩,那个冬天,她经常在放学人群散尽时光临。

有一次她想点"穿婚纱的梦",不好意思念出来,怕被别人听到,只用手指一指,脸就红了,是那种温柔的粉红。

青春的羞涩,真的好美。

我的奶茶店地理位置很好,紧挨大学,附近还有一所中学、一所小学,马路对面就是高层写字楼,周边还有居民区和商业区。各年龄段、各行业的顾客都会来光顾,当然,以学生和年轻人为主。

虽说我本质上卖的是梦,但表面上这毕竟是一家奶茶店,人们对奶茶的要求和期待,当然比对梦的高得多。所以,本本分分地把奶茶做得好喝,还是很有必要的。

你刚才不是已经喝了一杯吗,感觉怎么样,还不错吧?

对这个,我还是很有信心的。

奶茶好喝的秘诀,不在于泡茶的技术,也无所谓口味的搭配,而是一定要花心思去准备高质量的原材料:牛奶、红茶、蜂蜜……

我相信,只要原材料质量好,无需过度调味,它们本身就足够美味。那些用茶粉、奶精、糖精、食用色素冲泡出来的劣质奶茶,不仅失去了食物本真的味道,还会对人的身体产生不好的影响。

起初,我试过比较容易储存的奶粉和常温奶,但最后不得不承认,还是纯纯的鲜牛奶最好喝啊,那种天然、灵动、新鲜的香气,那种无可复制的质感!

第二章 梦太多也是一种烦恼

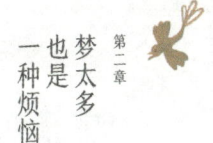

用鲜奶和上好的红茶做出的奶茶，口感丝滑醇厚，味道浓郁醇香，无限温柔，回味无穷。

怎么形容呢……

就像在大雪天裹紧羊绒围巾，在深秋的枫树林里久久徘徊，在寂静的海底缓缓从鲸鱼身旁滑过——嗯，就是那种感觉。

巴氏鲜牛奶的保质期只有短短几天，而且必须低温冷藏，我不得不买个大冰箱放在店里。这真的很麻烦，也增加了开店的成本，但我一点儿也不在意。

喝到美味健康的奶茶，顾客开心，我更开心。开店不仅仅是为了挣钱糊口啊。要是做出的奶茶连我自己都不喜欢喝，那么这家店不开也罢，你说是不是？

第三章

梦真的可以治病

 卖梦人的梦

转眼间,我的奶茶店已经开业一年半了。

在这里,我见识了形形色色的顾客,听到了或悲或喜的故事,更重要的,是成功消耗掉了几万片梦的叶子——这意味着送出了几万个梦啊。真的很有成就感啊!

你刚才已经知道很多秘密了,那么再告诉你一个秘密也无妨:我发现,梦可以拿来治病。

不开玩笑!梦真的可以治病——治心病。

梦不仅可以把人的睡眠装点得色彩斑斓,让漫漫长夜变得丰富有趣,在某些情况下,还可以用来疗愈和修复创伤,完成现实中无法实现的心愿,给人们带

第三章 梦真的可以治病

来安慰和满足。

梦是一种药,而我,是自学成才、用心感受、凭感觉下药的药剂师。

去年冬天,有个刚上大学的学妹不适应新环境,在干冷的北风和灰蒙蒙的雾霾里思乡心切,疯狂地想念南方温暖湿润的空气、大海和椰子树。她急切地想要回家,却没法从紧张的课程中脱身,所以变得闷闷不乐,每天都无精打采。

我给她量身定制了一款叫"回到南方"的奶茶,里面是两种梦的组合搭配:"在海边来来回回地走"和"在湿热空气里流汗"。

喝了奶茶,当天晚上她就梦到了大海,踩了贝壳,还闻了海风的味道。她的乡愁缓解了许多,心情好转,终于有动力认真准备期末考试了。

还有个姐姐,家里养了好多年的金毛犬去世了,连着哭了两天。我知道那种失去亲人般的伤痛很难治愈,但还是想要试着帮她。

我在满墙的抽屉里细心挑选,给她调制了一杯有着"和大狗一起在草地上奔跑""和小狗依偎在地毯上打盹"两种梦的奶茶,祈祷能在夜深人静之时给她带去一丝失而复得的惊喜,哪怕只有短短几分钟。

她说她梦到了那些,在梦里,她觉得很治愈。她说那些梦像一剂止痛药,让她的悲伤得到了缓解。

店里库存的关于考试的梦的叶子总是消耗得很快,因为我有个习惯:只要听说有同学考砸了,不管他点的是哪种奶茶,我都会悄悄在里面添加一个"考高分"的梦,让他在梦里得到一点儿安慰。

嗯,我喜欢这种在幕后做好事的感觉。我喜欢给别人安排梦境的感觉。

有一天放学时分,顾客有点儿多,两个男生排队等待时聊天,声音很大,我全都听到了。

个头较高的那个男生说:"嘿,你发什么呆?"

个头稍低的那个男生垂头丧气地说:"我紧张啊。"

"因为明天的运动会?"

第三章 梦真的可以治病

"对啊。我要跑 1000 米和 4×100 米接力,压力好大。"

"我比你压力更大!明天走队列,我是领队。"

轮到他们时,两个男生被菜单上眼花缭乱的品种搞蒙了,犹豫不决。

"你选吧,我要跟你一样的就行。"高个子说。

"天哪,这家店的品种也太多了吧,"小个子擦了把汗,"而且名字好奇怪,远远超出了我的常识……"

我看着他们被难倒的样子,灵机一动:"不要着急,实在选不出的话,可以点奶茶盲盒。"

"奶茶也有盲盒?"他们张大了嘴,"头一次听说。"

其实我也是临时想出这个点子。"嗯,梦的种类和味道都是随机的。"

他俩不知所措,点了点头。

梦当然不是随机的。我笑着拉开最底层的抽屉,捏出两片叶子,做了两杯奶茶,目送他们离开。

我的心情好极了,因为我知道他们当晚就会梦到

自己在运动场上叱咤风云,赢得无数喝彩的样子。

第二天早晨刚开门,店里没什么客人,我正望着大街发呆,碰巧看见他俩从门前小跑着经过,脚步轻快,活力四射,神采飞扬,眼里反射着晨光,与昨天迥然不同。

果然自信多了,看来我的"药方"还挺有效的嘛。成就感和满足感像阳光一样洒在我的心上。

哎呀,我真是太喜欢这份工作了!

当初大学毕业的时候,老师和同学们都皱着眉头惋惜地说:"你拿着名牌大学的毕业证,却跑去卖奶茶?太屈才了吧!"他们认为我应该去做其他看起来更体面、赚钱更多的工作,我不该浪费那些机会。

可我觉得,人就是要做自己喜欢并且擅长的事啊,要是能给别人带去快乐和暖意,那就更完美了。

怎么样,我的梦是不是很厉害?你是不是头脑一热,想再来一杯?

哈哈,别喝太多了,再好喝的东西也要适量。

第三章 梦真的可以治病

唉,说来心酸,我用梦治愈了很多人,却怎么都治不好自己——

我的噩梦就是我的病。

不瞒你说,独居之后,我的噩梦更加猖獗了。

毕业后我搬出学生宿舍,在学校附近租房子住。一个朴素的一居室,有客厅(兼卧室)、厨房和卫生间。

深夜时分,耳边不再有莎莎敲击键盘的噼里啪啦,不再有路菲翻来覆去睡不着的窸窸窣窣,也不再有床帘缝隙透进来的暖橘色灯光。我,孤零零一个人,躺在冰封般的寂静里,躺在旷野般无际的黑暗里,感到无比凄凉和无助。

这一年多来,除了那位熟悉的噩梦老友,全新的噩梦也纷纷前来造访。所以,你看,奶茶店的菜单上多了这些奇奇怪怪的品种:

房子着火的梦

掉进水里的梦

丢东西的梦

皮肤上长出红色图案的梦

被鲨鱼吞进肚子的梦

············

当然咯,这些梦一款也卖不出去。没有人会想买噩梦——生活已经很累了,干吗还要给自己添堵呢?

噩梦总是滞销,美梦却卖得飞快,断货是常事。

我统计过,开店以来销量最高的品种,是"考上清华北大的梦"、"中彩票发大财的梦"、"怎么吃都不会胖的梦"。

除此之外,"去遥远岛屿旅行的梦"、"与喜欢的人偶遇的梦"、"收到神秘礼物的梦"也非常受欢迎。

虽然大多数人并不相信喝了奶茶之后真能梦到什么,但那些奶茶的名字,他们看了心里就会特别开心。就当是图个吉利,寄托期望吧,反正他们就是爱买。

为了满足顾客的需求,我不得不勉励自己要多多

第三章 梦真的可以治病

生产美梦。这很滑稽,就跟奶牛督促自己多产好奶似的,原本自然而然的事,忽然变得艰难起来。

很遗憾,睡着之后做什么梦,这不是我能控制的。要真能控制,我就不会老被噩梦折磨了。

美梦很轻灵,飘忽不定,你越是急切地去抓,它们躲得越远。就像柳絮,你打开手掌静静等待,它们反而会试探着落下来。

后来我想出了个办法:拿美梦的叶子泡水自己喝,让自己做梦,复制一模一样的美梦。

看起来很妙是不是?可我只做了三天就放弃了。

每天做同样的梦,就像每天过着重复的生活,一潭死水,仿佛这辈子一眼就能望到头,多么无趣,多么可怕!梦的魅力,恰恰在于那种不确定性:你不知道今晚会梦到什么,就像你不知道明天会发生什么。

正是有着无限可能性的未来,吸引着我们向前走啊。

一成不变的梦,即便是美梦,也会使人感到乏

味啊。

最终,我还是决定自由地做梦,把店里"不靠谱"的"擅变的"菜单坚持下去。

由于噩梦的叶子积压得越来越多,我打算再买几个抽屉来存放。可是没想到,后来……

你猜怎么着?

后来,居然出现了一个买噩梦的人!

第四章

买噩梦的人出现了

我有一种浪漫的偏见:在春天到来的事物,都自带生机和希望。

碰巧他就是在春天出现的,就在前几天。

那是个看起来平淡无奇的春日下午,空气暖意融融,柔风里杨絮游荡,懒懒的阳光几乎要把人变成猫——什么都不管,只想趴在房顶上睡大觉的猫。

这是店里最清闲的时光,好半天一个顾客也没有,我歪在椅子上打哈欠。就在这时,缓慢而宁静的午后被打破了。

"七杯原味奶茶,打包带走!请快一点儿,谢谢!"

一个大男孩破门而入,气喘吁吁地催促道。

卖梦人的梦

"哦,好的。"我回过神,站起来,"请先选择你喜欢的梦……"

我指着价目表,正要进一步解释,却被他火急火燎地打断了:"请快一点儿,朋友们还在月亮草坪上等我呢!"

月亮草坪是校园里的一块月牙形状的绿地,相对空旷,读大学时我喜欢在晴天去那里晒太阳,夜晚去那里看星星。

男孩敏感地察觉到了我的不悦,擦了把汗,推了推眼镜,耐着性子看价目表。

"咦?"他难以置信地眨了好几次眼,惊讶地念道:"和小猫一起吃晚餐的梦。这、这、这是什么味儿的奶茶?"

"味道还是原味,只不过里面添加了梦。"

"添加了什么?"

"梦。睡觉时会做的那种梦。"

"梦?"他皱了皱眉,好像被开了玩笑,但因为赶

第四章 买噩梦的人出现了

时间,没工夫跟我计较。

"得了吧……好吧,就给我来这个吧。"

很明显,他根本不信。

我懒得再解释,点点头,不假思索地从一百多个抽屉里准确无误地找出那片关于猫的梦的叶子,放入沸水,然后手脚麻利地在七个空杯里倒上鲜牛奶和红茶。

"这是茶叶吗?"男生问。

这会儿,他终于静下来不再喘了,靠在操作台边上,整了整衬衫。米白色的衬衫衬得他皮肤微微有些黑,大概跟我一样,也是个爱晒太阳却懒得涂防晒霜的人吧。

"也可以这么说。"我抬头看着他,"你要七杯一模一样的?热的?加糖吗?"

"随便啦。"

他可能是等得无聊,又比较自来熟,竟跟我聊起天来。

卖梦人的梦

"你一天十几个小时都待在店里吗?不会憋得慌,想要出去走走吗?"

"不会啊,"我说,"我不爱动,就喜欢静静站着或坐着。"

"啊,狮子和鹰也跟你一样,懒懒的不爱动。"

我哭笑不得,心想自己跟狮子之间好像没什么可比性。他的思路,跳跃得也太大了。

"我刚才和朋友们玩游戏,赢了,所以要请他们喝奶茶。"他接着说。

"赢了还要请客?"

"对,因为赢了一项'殊荣'。"他扬起嘴角。

"什么'殊荣'?"

我一边问,一边搅拌牛奶里的砂糖。

"我们是动物保护社团的,今天打赌,看校园里年纪最大的那只流浪猫最喜欢谁。我们把猫抱到草坪上,围着它坐成一圈,一动不动,看它自己想往谁的方向去。不出所料,它慢腾腾地走到我面前,蹭了蹭我,

第四章 买噩梦的人出现了

打个哈欠就挨着我卧下了。"

"哦?"我盯着计时器,随时准备把梦的叶子捞出来,"或许只是因为你刚吃了小鱼干,身上有它喜欢的气味。"

"没有啦,"他哈哈大笑,"我不爱吃鱼。它就是喜欢我。别的流浪猫流浪狗也喜欢我,连麻雀见到我也不躲。我从小就很受动物们的欢迎。"

他语气里满满的炫耀。我不喜欢爱炫耀的人,但他炫耀的特长,实在是有点儿可爱。

"动物们觉得你很亲切,"我把能让人做梦的茶水倒进奶茶杯,"说不定你上辈子就是只猫,或者袋鼠,或者大象?"

他不好意思地挠挠头顶的短发:"过奖了。也可能是犀牛、考拉,或者渡渡鸟。"

"什么鸟?"

他重复道:"渡渡鸟,那是已经灭绝的物种,体型大,肥肥的。"

卖梦人的梦

"根据体型,我觉得你是长颈鹿的可能性更大些。"

我笑了笑,把七杯打包好的奶茶放整齐,递上一捆粗粗的吸管:"这款梦很适合喜欢动物的你们。"

"谢谢!"

他左手拎四杯,右手拎三杯,迈开长腿,风一样飞出了门,衬衫下摆在风里愉快地拍打着白色的翅膀。

第二天,依旧是午后,那个大男孩又出现了。不过他这次不是来买奶茶,而是来找"女巫"的。

"嗨!"

当时我正靠着满是抽屉的墙眯着眼午睡,被这声招呼吓了一跳。睁开眼,见他两只胳膊肘架在操作台上,正认真地打量着我。

"你好……"我慌忙站起来,"请、请问要什么奶茶?"

"真睡着了?我还以为只是闭目养神。不好意思,把你吵醒了。"

他满怀歉意地挠挠头。

第四章 买噩梦的人出现了

"那个……你头上，这个地方，好像有片纸。"他用手指指自己的头顶偏右的地方，示意我。

我一摸，果然，一片不规则形状的紫色叶子。刚刚我又做梦了，不太好的梦。

"请问你要什么奶茶？"

怕他多问，我赶紧转移话题，顺手把叶子塞进兜里。

"买个躺椅吧，可折叠的那种，能睡得舒服点儿。"他像是没听见我的问话。

"这里可能放不下。"

我尴尬地笑笑，心想，就算能放下，我也不想被别人看到自己躺倒的睡姿，怪傻的。

"所以，请问你到底要什么奶茶？"

"我不要奶茶。"他摇摇头，"我今天来，是想搞清楚，你的奶茶到底是怎么回事。"

"怎么，有质量问题？喝坏了肚子？"

他双手撑在操作台上，凑近我，露出困惑而惊异

卖梦人的梦

的表情:"昨晚,我们社团的七个人,全都做了一模一样的梦。和一群小猫一起吃饭,满桌都是鱼!黄鱼、鲇鱼、带鱼、鱿鱼、三文鱼、秋刀鱼……天哪,除了鱼,还是鱼。"

这不是应该的嘛,谁让你点了那款梦呢。我笑而不语。

"简直是噩梦!我特别讨厌吃鱼,在梦里还被鱼刺卡住了喉咙!"他龇牙咧嘴地用手比画着,轻轻掐住自己脖子。

"不好意思,"我抱歉地笑着,"你们不是动物保护社团的吗,我还以为你们会喜欢和小猫共进晚餐的感觉呢。况且,这个梦是你自己选的呀。"

"我选的?哦,好像是。"

他郑重地举起菜单,久久凝视,认真研究,好像那不是奶茶菜单而是一张加密考卷。

"奶茶的名字叫什么,你喝了之后就会做什么样的梦。这是本店的特色。"

他重新审视着菜单:"原来那不是脑洞大开的名字,而是真的梦啊……"

"是的。"

他露出匪夷所思的表情,好像考试时拿到的试卷上印的全是乱码。

"真的吗?真的会有这种事?"沉思片刻,他忽然像从梦里惊醒,激动地敲着桌面,"你是怎么做到的?这是什么魔法?你对奶茶施咒了吗?你……你是女巫吗?"

女巫?我在心里翻了个白眼。

"我是你的校友,大学毕业没多久。"我一本正经道。

什么女巫嘛,要说小精灵什么的我还爱听一点儿!我低头整理原料和器材,不再搭理他。

"如此神奇的奶茶,到底是怎么做出来的?有秘方吗?"他眼睛瞪得老大,一脸天真地问。

"商业机密,不方便透露。"

第四章 买噩梦的人出现了

"太神奇了!太神奇了!不可思议!"

他把这几句话念叨了几十遍,在店里团团转了几十圈,见我懒懒的不怎么搭理,才终于走了。

第三天,这个执着的家伙居然又来了!

这次不是为了买奶茶,也不是为了找女巫,而是为了买梦。

"我小时候经常做梦,这些年却越来越少,做完醒来也就忘了。没有梦的生活好像少了些色彩。"他说着,脸上浮现出一种天真的表情。

听到这儿我很欣慰,这种对梦而非对奶茶感兴趣的顾客,真的很稀有啊。

"所以今天我不买奶茶,只想买个梦做一做。"他淡淡地说,说得好像是买本书看一看那么自然。

什么?不买奶茶,只买梦?

第一次遇到这种奇怪的要求,我有点儿头疼。

"抱歉,我这里是奶茶店,梦只是附加赠送的配料,不单卖。"

卖梦人的梦

"为什么?我出原价还不行吗?"

太较真儿了。我深吸一口气,把抱怨的冲动强压下去。

"如果你去买冰可乐,你对店员说你不要可乐,只要冰块,你觉得人家会卖给你吗?"

"会啊。"

"那也太坑人了吧。本店可不做这种让顾客吃亏的生意。"

"看来我非买奶茶不可了?"

"你当然可以不买,我又不会强制你消费。"我耸耸肩,"只不过那样的话,也就不能买梦。"

他无奈地叹了口气:"唉,好吧,我服了。"

我把菜单递过去。

他说:"上次来我就想问,这上面的字是你手写的?"

"是啊,怎么了?"

"好可爱,像小学生写的。"

第四章 买噩梦的人出现了

看表情,我感觉他应该是在夸我。

"今晚做个什么梦好呢……"

他对着价目表纠结了半天,挠着头。

"我有轻度选择困难症,要不你推荐一个吧。"他笑着对我说。

"我不了解你,怕推荐错,美梦反成噩梦了。"

想起上次小猫吃鱼的经历,我心有余悸。

"没关系,你现在就可以了解我呀,"他环顾四周,"没别的顾客,你正好有空。"

我想了想,问:"你是学霸吗?"

"咳咳,"他假装谦虚地笑笑,"好眼力。"

"考场上什么题都不会做,最后交了白卷——这个梦怎么样?"说着,我拉开一个抽屉,开始翻找。

我是开玩笑的,没想到他用力点头:"好呀!我从来没这种经历,快让我体验一下!"

"你确定?这可是实打实的噩梦哦。"

"噩梦多好啊!"他兴奋地说,"从噩梦中醒来,

卖梦人的梦

发现自己安然无恙，什么恐怖糟糕的情况都没发生，那种死里逃生的感觉，难道不是一种幸福？"

我抱起胳膊："照你这么说，上次的梦也挺好的，被鱼刺卡住喉咙那次。"

"嗯，"他挤出一丝苦笑，"醒来发现没人逼我吃鱼，喉咙里也没有鱼刺，开心得像越狱成功的安迪。"

"好，我这就给你做一杯。"

哎，你说奇怪不奇怪，居然真的会有人心甘情愿买噩梦。

就这样，开业一年半后，我的奶茶店终于卖出了第一杯噩梦。

不知是巧合还是注定，那个买噩梦的人，是在春天到来的。

第五章

你该养一只这样的宠物

今天是第四天,你觉得他会来吗?

说不清为什么,我好像有那么一点点期待。

我想问问他昨晚的噩梦体验效果怎么样,交白卷是不是很紧张,醒来时心脏有没有怦怦跳。我甚至为他选了另一款更刺激的噩梦,如果他今天还想做梦的话。

今天顾客很多,一整天我都在忙活。工作间隙,我有意无意地在排队的人群里寻找那个长颈鹿般高高的身影——

他叫什么来着,你还记得吗?

哦,不对,他好像压根就没说过自己的名字!

第五章　你该这样养一只这样的宠物

店门朝西，晴天的黄昏，站在店里就能看见落日。从我这个角度看，太阳刚好卡在高楼的缝隙之间，不偏不倚。我总希望它卡得紧一点儿，落下的速度慢一点儿，好像这样就能把时间拉得长一点儿。

太阳完全落下去了，空气开始变凉。

他今天不会来了吧，我一边泡茶一边想。不易察觉的失落像蜻蜓掠过水面，眨眼就看不见了。

其实也没什么。即使是本店最忠实的粉丝，也不可能每天都来，比如那个总想梦到美食的小胖同学，寒暑假的时候就不会来。

傍晚时分，华灯初上，几个疲惫不堪、饥肠辘辘的年轻的上班族进了店。

一个下巴尖尖、头发微卷的小姐姐点了一杯"醒来发现自己才五岁"的梦的奶茶，要求加双倍的芋泥和燕麦。

我刚做好，她就迫不及待地接过，狠狠吸了两口。我低头收拾操作台，再看向她时，她手里的杯子就

卖梦人的梦

空了。

"再来一杯。"她有气无力地说。

"啊?"我有点儿被吓到,这喝得也太猛了。

她坐在吧椅上缓了缓,半委屈半自嘲地解释道:"说了你可能不相信,这是我今天的第一顿饭。"

"啊?"我惊讶得叫出了声,"那怎么撑得住?"

"硬撑呗。"

她没有力气起身,想直接把空杯子投进远处的垃圾桶,可惜没对准,掉在了外面。

"忙得顾不上吃饭,一个任务接一个任务,午休时又有临时会议,都是讨厌的事,唉……"

她脸色发白,声音发虚,仿佛下一秒就要晕倒。我忧心忡忡地看着她,不知该说什么好。

"下班后本来要去吃饭的,走了两步觉得不行,我得先就近买杯奶茶垫一垫,补充一下能量,否则根本撑不到饭店。"

"叹什么气啊,你已经够幸福了,"她旁边的男同

第五章 你该养一只这样的宠物

事说,"你现在就可以回家了,而我,一会儿还要回去继续加班!"

"真不想上班啊……"她一副要哭了的表情。

我同情地听着,忽然好像明白了她为什么会选择那样一个梦。醒来发现自己才五岁——在她的记忆里,五岁一定是个无忧无虑的年纪吧。

其实我也不比他们好到哪里去,要是哪天忙起来没空吃饭,通常也只能仓促地喝一杯奶茶充饥。当然,是不添加梦的奶茶,我可不想给自己安排什么梦。

不同之处在于,我工作的时候是乐在其中的,即便饿肚子,也是很开心的。如果她做的是自己喜欢的事,再辛苦也会觉得幸福吧。

说到这儿,我才想起自己还没吃晚饭呢!肚子咕咕叫了起来。还没到平时关门的时间,可我太累了,决定提前离开。

嘿嘿,自己开店的好处就在这儿:想开多久就开多久,想卖什么就卖什么。心情不好可以不上班,心

情好也可以不上班。

去年冬天，有一天早晨醒来发现外面下了雪，我跑到店门口贴了张告示："抱歉，今日不营业，因为下雪了我要出去看雪。你们也要看哦！"

哈哈，就是这么任性。

锁好店门，走在回家的路上，沿街温暖的万家灯火，却让我心里生出一丝清冷与孤单。

聊了这么久，你还没去过我家呢！

走吧，去坐会儿，没什么不方便的。

简简单单的一居室：一张床，一张桌子，一把椅子，一个柜子，都是房东留下的，没有其他多余的家具。厨房和卫生间窄小逼仄，转个身都能碰掉东西，不过足够我一个人用了。

你看，阳台上种的几盆植物，长得还不错吧？

有向日葵、玛格丽特之类最普通最容易养的花，也有迷迭香、罗勒、薄荷这些很实用的香料。

第五章 你该养一只这样的宠物

蔬菜也不少：西红柿、辣椒和萝卜。我不吃辣，种辣椒只是觉得红红的果实好看。

这些植物，加上花盆里的蜗牛和小飞虫——屋子里的所有生命——都是我的家人。

如果不局限于"会呼吸"这一条件，那么我觉得，床上那几只毛绒玩具，床头那个小摆件，桌子上的马克杯，甚至冰箱贴之类的东西，也都是家人。

住在一起的，有感情的，都算是家人吧。

每天我都会关心一下家人们的状态。比方说，我能在第一时间察觉到小兔玩偶看起来好像不太高兴，耷拉着耳朵。

你也许会笑：玩偶不一直都是那样子？还能变？

不一样哦，真的有变化。

让我把它抱起来检查一下……嗯，它确实病了，受凉引起的，要赶紧拿一块绒布给它盖上。

大熊玩偶状态也不好，可能因为这几天没顾上跟它说话，它感觉被冷落了，有点儿沮丧。没办法，今

晚只好抱着它睡了。

玩偶都是有灵性的,你多注视它一会儿,它就能感受到你的爱。你心里要是不够喜欢它,再怎么瞒也是瞒不住的。

你会不会觉得我有点儿神神道道?确实有点儿,以前路菲也这么说过。

上大学的时候,有一次我莫名地感觉到她在宿舍养的植物状态不好,尽管它明明青翠挺拔,叶片舒展,眼看着就要开花。她没看出什么问题,还笑我太过敏感、胡思乱想。

结果你猜怎么着?没过几天,那盆植物就毫无预兆地死掉了。

类似的事发生过好几次,我的预感总是很准。

所以路菲觉得我是一个很灵的人,建议我发掘和训练一下自己这方面的"特异功能",试试占卜之类的事。可我并不想知道自己的命运,对别人的命运也不感兴趣,所以就一直没有尝试。未来会发生什么,

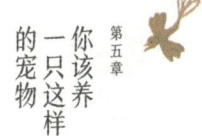

第五章 你该养一只这样的宠物

就让它发生好了,我何必要提前知道呢。

怎么,你不信?那为什么皱着眉?

哦,是因为床头的小摆件啊。没错,它看起来是有点儿丑,丑里带着一点儿萌。

没见过这种动物吧?它叫食梦貘,传说中能吃掉噩梦的动物。它看起来确实挺奇怪的,身体像马,鼻子像大象,眼睛像犀牛,腿像老虎,哈哈,是不是有点儿糊涂?虽然它既像这又像那,但它不是别的,它就是食梦貘。

它可不是一个普通的摆件。

去年冬天的一个下午,我缩着脖子从天桥上快步走过,一个摆地摊的老奶奶叫住了我:"喂!小姑娘!"

凛冽的风把世界打扫得干干净净,天桥上没什么人。我环顾四周确认她是在叫我,才疑惑地走过去。

她面前摆着几排土里土气的小玩具,简直像从上个世纪穿越过来的。拜托,我都这么大个人了,怎么可能买这种幼儿园小孩玩的东西嘛。

卖梦人的梦

她似乎并没有推销的意思，只是笑盈盈地看着我，眼里荡漾的慈爱和亲切，让我神思恍惚，差点儿以为自己是她的孙女。

"乖，你是不是晚上总睡不好？"

"嗯？"

她怎么会知道？我不想向陌生人透露自己的情况，就没回答。

"看起来不像是熬夜，而是做梦太多、睡眠质量差引起的。"老奶奶喃喃自语，低头在包里翻找着什么。

"啊，找到了。给，你需要养一只这样的宠物。"

我从她手中接过一个手掌大小的动物摆件，看了一眼就皱起了眉头——跟你刚才的表情一模一样。

"这……这是什么？"完全认不出来。

"食梦貘。"老奶奶说，"一种以梦为食的动物。把它养在你的床头，夜里从噩梦中惊醒时马上喊一声'食梦貘！'它就会立刻吃掉你的噩梦。被吃掉的噩梦从此消失不见，不会再回来折磨你。"

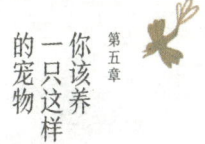

第五章 你该养一只这样的宠物

"真的吗?"我半信半疑。

老奶奶没接话,只是意味深长地笑着,那表情仿佛在说"信不信由你"。

我想起店里那些买奶茶的顾客,他们无数次像刚才的我一样,满心怀疑地问:"真的吗?"

奶茶可以让人做梦,小摆件为什么就不能吃掉噩梦?还是保持开放的心态,相信生活中会有奇迹发生,我心想。

"好吧,我回去试试。多少钱?"

"不要钱。"

我的脑袋有点儿蒙,不知是被她的话搞晕了,还是被冷空气冻麻木了。

寒冬的天桥上几乎没什么人,一个头发花白的老奶奶独自在这儿摆地摊,还把玩具白白送人,难道不是太奇怪了吗?

她似乎看出了我的疑虑:"收下吧,你真的需要它。"

第五章 你该这样养一只的宠物

她怎么知道我睡不好？她怎么知道我急需摆脱噩梦？她怎么碰巧有适合我的宠物？我茫然地望着她。

我向来不愿随便接受陌生人的礼物，可是那一刻，一种不可抗拒的力量推动我接受了她的善意。

"那就谢谢您了。看来我今晚就能睡个好觉了。"

我把食梦貘装进口袋。

"不，"老奶奶不紧不慢地说，"不要着急，它现在还不会吃噩梦。它还没有苏醒。"

"嗯？"

我撇撇嘴，再次怀疑她是不是在忽悠我——也许这就是个普普通通的摆件罢了，却被她夸得天花乱坠。

"这只食梦貘终有一天会醒来，吃掉困扰你多年的噩梦。首先你要相信和期盼，然后好好待它，耐心等待。就像冬天在土地里埋下种子，当时看起来毫无生气，等春天来了，它自然就醒了。"她很认真地说。

好吧，我就暂且相信吧。我就这样把食梦貘带回了家。

后来路过天桥许多次,我却再也没见过那位老奶奶。

你有过从噩梦中惊醒的经历吗?深夜独自醒来,那种恐惧和无助令我浑身僵硬,从骨头里发冷、发颤,感觉全世界只剩自己一个人。

以前我只能强迫自己镇定,尽快恢复平静,重新入睡;现在,我会伸手握住床头的食梦貘,把它抱在胸前——虽然它尚未醒来,无法捕食噩梦,但也多多少少能带给我一点儿安慰。

我有这么多梦可以喂它,它却从来不吃。它现在还只是个普普通通的小摆件而已。

嗯,一定是因为时间未到。

我牢记摆地摊的老奶奶的话:等春天到了,它自然就醒了。

第六章

我毕业后
来这儿
卖三明治吧

卖梦人的梦

  昨夜做了好几个梦，有美梦，有噩梦，还有一些不算好也不算坏的梦。

  早晨醒来，我坐在床头，习惯性地晃晃脑袋，揉揉头发，抖落夜晚赠予我的记录梦的叶子。

  有些叶子会在我翻身时滑出来，落在枕头边，裹在被子里；还有些叶子会被风吹到地上，卡在两只拖鞋的鞋头之间，好像一枚薄翼昆虫发夹。

  现在，我要把这些新鲜的梦小心翼翼地捡起来，分门别类地收集起来。这是件耗时耗力的工作，我需要回忆刚刚做过的梦，把它们和叶子一一对应。

  这片心形的叶子最大，你看，它的底部有一道裂

第六章 我毕业后来这儿卖三明治吧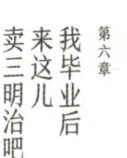

痕,蓝得很暗,很深。这是昨夜做的第一个梦,关于得而复失、失而复得的爱:一只大鸟落在树上,飞走了,又飞回来,反反复复;它的翅膀扇动时,空气里有海水一般的咸味。

你看,这片叶子像只小拳头,豆绿色,叶脉清晰蓬勃。这是昨夜的第二个梦,关于窗台上的花盆:我在那里种下一支蜡烛,暖风来的时候,蜡烛就亮了,忽闪的烛光里有人走来,可我不认识他。

还有这片三角形叶子,它没有叶脉,泛着银灰,像块锋利的铁皮。你摸摸,是不是有点儿凉?它是一个噩梦。

一看到它,恐惧感便淹没了我,耳边响起咔咔的声音,在梦里,好像有什么东西要把我劈开……

这么多无厘头的梦,你听烦了吗?每天早晨我都这样,在床头懒懒地坐上一会儿,不紧不慢地回忆和整理昨夜的梦的记忆。有点儿累,但也很有趣,我仿佛享有双倍的人生,双倍的记忆,平白无故比别人多

卖梦人的梦

了一些欢笑,也要白白忍受许多次痛哭。

当然,我必须得分清哪些是梦里发生的,哪些是现实中发生的,可不能再闹当年误以为英语课取消了的笑话了。

整理好昨夜的梦,我匆匆洗漱出门,路上随便买个煎饼作为早餐,跟那些赶着上学的学生们一起,边走边吃,一不注意就吃得满脸都是。

学生们上课,上班族们上班,上午店里的顾客总是很少。

我把新带来的叶子分好类,装进抽屉,打扫完卫生,收拾好桌面,然后就可以安安静静坐下来看书。我看书很杂,无论文学哲学、天文地理还是美食厨艺,我照单全收,不过最喜欢的还是童话。

你笑什么嘛,成年人就不能读童话了?什么年纪都可以喜欢童话!

大概中午的时候,那个买噩梦的男生终于又出现了。当时店里排队的人不少,他见我正忙,就在一旁

第六章 我毕业后来这儿卖三明治吧

默默地等待。

我时不时抬头，目光越过众人的头顶寻找他的身影，发现在此期间他其实一刻也没闲着：他主动扫了地，倒了垃圾，收拾了吧台上废弃的杯子和吸管，擦了桌面，还给窗边的绿植浇了水，像个员工一样尽职尽责。

等最后一个顾客离开，他才走过来跟我打招呼，那么自然，就像老朋友一样。

"哈喽。"

我竟一时不知该说什么。

"嗨……"我顿了顿，心想是不是应该把他当普通顾客对待。

"你好，请问你要什么奶茶？"

他好像没料到我会这么说，愣了一下。

"我必须买奶茶才能来这里吗？"

我略带尴尬地笑了笑。他没太在意，继续自顾自地说："我昨天晚上来了，你竟然没在。我第一次见

奶茶店不到八点就关门的。"

"哦,我昨天有点儿累,就提前关门了。"

"这么随性吗?"

"你不知道吗,我的店,营业时间完全看心情。"

他吃惊地看着我:"那,你平均一天卖多少杯?能卖100杯吗?"

"不知道。没算过。"我不以为意。

"你在开玩笑吗?!"他差点儿要跳起来。

我倒吸一口冷气:他个子那么高,要是跳起来,搞不好要把天花板顶出个洞。

"你的店一个月能卖多少杯,挣多少钱,够不够房租和原料成本,这些你都不考虑吗?亏损了怎么办,倒闭了怎么办?"

他痛心疾首、疾言厉色,就像老师面对不认真学习的学生那样恨铁不成钢。

"我真的不太在意这些。"我无所谓地耸耸肩,没有停下手里的活儿。

第六章 我毕业后来这儿卖三明治吧

"有你这样开店的吗?"

"开店又不是为了挣大钱,只是想做些喜欢的、有意义的事罢了。尽心去做就行了,不求回报,反正……反正饿不死就行了。要是真倒闭了,我就改行呗。"

我一边往调料盒里倒蜂蜜一边说。蜂蜜稳稳流淌的样子真好看。

"店就这么稀里糊涂地开了一年半,居然还能奇迹般地维持收支平衡,啧啧,其实我自己也挺纳闷的。"说到这儿,我抬起头,茫然地眨眨眼,咧嘴笑了:"傻人有傻福吧。"

他呆呆地看着我,沉默着,好像在消化我刚才说的话。

"你确实是个有福气的人。"半晌,他终于开口了,却是一脸严肃,好像医生在宣判病人的诊断结果。

"就像我能感觉到猫咪身体里流动的情绪,我也能感觉到你命运的轨迹。"

啥?这么玄乎?我哭笑不得:"你感觉到了

什么?"

"就像那句老话说的:大难不死,必有后福。"

"大、大难?"我吓了一跳。

"我也说不清,"他低下头沉思,表情依旧严肃,"不知道为什么会有这样的感觉。可能我的能量不稳定,有时会判断出错。"

"哈哈哈,"我灵机一动,"你的感觉没错,在梦里,我确实经历过火灾、洪水、地震、海啸,还有世界末日呢!"

他被我成功地逗笑了,莫名沉重的气氛终于缓和下来。

"你的店很特别,奶茶好喝,梦也有趣,我会经常来的。"他说,"以后有需要帮忙的,尽管叫我,别客气,大家都是朋友嘛。"

"嗯……"

我的回应听起来很没底气,因为我拿不准我们是什么时候成为朋友的,好像自然而然就是了。

第六章 我毕业后来这儿卖三明治吧

眼看着他就要走出店门,又突然扭身回来。

"哦,那个,"他不好意思地挠挠头,"我还不知道你叫什么呢。"

"我叫林芽,你可以叫我小林,小芽,或者芽芽。"

"好的,那我就叫你林林吧。"

我蒙了:这、这、这是什么逻辑?

"我叫夏默,你叫我默默就行。"

说完,他扭头就走掉了,带着一种不由分说的霸气,不给我任何追问和反驳的机会。

好笑的是,他刚走十秒钟,又折了回来。

"你吃午饭了吗?我看你整个中午都在忙活。"

"还没顾上呢。"我从冷藏柜里拿出一个挤扁了的三明治,"早上在便利店买的,一会儿随便吃两口。"

他露出嫌弃的表情:"你别吃了,稍等我一下。"

"喂——"

我的话音还没落,他就跑了出去。

过了没多久,他提着购物袋回来了。

卖梦人的梦

正是午后时分,店里没什么人,他把袋子里的东西一样样掏出来,在吧台上摆了一排:法棍、番茄、生菜、黄油、法式火腿、大孔奶酪……五颜六色,缤纷悦目。

他抱起胳膊,十分满意地看着列队整齐的食材,像检阅即将出征的士兵。

"这些是我在旁边的超市买的,刚出炉的法棍外脆内软,正适合做法棍三明治。据说这是法国上班族最爱的一款三明治。"

哦,我还以为他要给我买什么大餐呢,原来也是三明治!那我干吗不直接吃自己带的呢,白白等了半天。

他见我失望地翻白眼,赶紧解释道:"不一样哦,我做的三明治跟便利店的三明治可是有天壤之别。"

好吧,那就给他一个一展身手的机会,我耸耸肩,没说什么。

"借我用一下操作台。"

第六章 我毕业后来这儿卖三明治吧

他手脚麻利地把生菜和番茄洗干净,用餐刀把长长的法棍从正中央切开。

"咱们一人一半。"

我还没来得及说"我吃不了那么多",他就不由分说地做起了三明治。

把半截法棍剖开,不切断,展开,在里面刷一层黄油,依次整齐地叠放大孔奶酪、法式火腿、番茄片、生菜,然后把法棍合起来,三明治就做好了——如此简单,就跟小孩过家家一样。

这能好吃吗,我不禁有些怀疑。好歹涂点沙拉酱啊,不然也太清淡了。

他把"玩具"递过来,满怀期待地看着我。

好长啊!好厚啊!我皱着眉,很努力地把嘴张到最大,才勉强咬下一口。

刚入口时没什么味道,但随着咀嚼,新鲜、天然的滋味在舌头上缓慢温和地释放。

面包的麦香,火腿的咸香,黄油和芝士的奶香,

卖梦人的梦

番茄的酸甜，生菜的清甜脆爽……各种味道和口感混在一起，如同一曲完美的合奏。

他信心满满，不问"好吃吗？"而是说："好吃吧！"

我使劲儿点头，顾不上说话，赶紧又咬了一口。

真的好棒啊，跟便利店那种涂满重口味酱料、冷藏好几个小时、味道一塌糊涂的三明治完全不同啊！

他也给自己"组装"了一个三明治，跟我对坐着，心满意足地吃了起来。他吃得非常认真，半闭着眼睛细细品味，陶醉其中，面包屑粘在脸上也没有察觉。

我发现他的吃相和我一样傻气，忍不住笑了，他奇怪地看着我，不明白我在笑什么。

吃完，他一边收拾吧台一边说："原料越简单，原料的品质就越重要。我相信，只要食材足够好，味道就差不了。"

"我也这么想！"我很惊喜地叫道，"我做奶茶也是这个原则，最看重原料的品质。"

"我早就喝出来了，"他说，"我的舌头是很灵

第六章 我毕业后来这儿卖三明治吧

敏的。"

哇,是遇到知己的感觉!

我兴奋地跟他分享做奶茶的心得:"食材也是有脾气的,丢在那里太久,它们积累了失望与怨气,味道就会变差,所以我从不用放久了的水果和椰果。还有,搅拌紫薯泥的时候,动作要轻柔,过于粗暴就会把它弄疼,口感就不细腻了,味道也不甜了……"

他很认真地听着,不住地点头。

这些经验,如果我跟大学同学或上班族说,他们基本上都会笑我异想天开,觉得我该回去上幼儿园。所以,你能理解吗,我跟他聊天真的特别畅快,一拍即合,因为他懂我。

啊,简直希望他每天都来。

"今天的三明治好吃,还有一个原因。"他说。

"什么原因?"

"是因为我的好心情。"他笑了,"心情好的时候做出来的东西,就是会更好吃啊。"

卖梦人的梦

　　我想了想,觉得很有道理。人的心情当然会对食材产生影响,开心的人散发出美好的能量,食物也会跟着变得美味呢。

　　不知不觉聊了一个多小时,午后的困倦一扫而空。他下午还有课,不能待太久。

　　临走前,他半开玩笑地说:"毕业后,我来这儿卖三明治吧。有梦的奶茶,加上新鲜健康的法式三明治,多好的搭配啊。"

　　"好呀,"我也半开玩笑地应着,"多完美的搭配啊。"

第七章

我把秘密告诉了他

最近,默默经常来店里看我。

独自照管奶茶店的日子就像负重慢走,而有他在店里帮忙的日子,则像骑着单车轻快地向前冲:他帮忙打扫店铺,搬运原料,对付难缠的顾客,天气好的时候,他甚至还跑出去送个奶茶外卖。

他每隔一两天就来一次,点亮许多美好的春日时光。如果你身边经常有好朋友陪伴,你一定能想象到我最近有多快乐。

不过,我从来都不能心安理得地享受别人对我的付出。

为了表达感谢,我提出给他一定的报酬,他觉得

第七章 我把秘密告诉了他

那样太客气,朋友之间做些力所能及的事是不求回报的,在店里干活本身就让他很开心。

最后我们达成了共识:他可以随时带其他朋友来店里喝奶茶,想喝多少喝多少,想要什么口味就要什么口味,想做什么梦就做什么梦。

嗯,你一定猜到了,他的朋友们总是选美梦,而他总是选噩梦。

店里积压的陈年噩梦渐渐被他消耗掉了一部分。那些蓝紫色、暗青色、灰绿色和黑色的叶片在热水里舒展开来,重新焕发出奇异的色彩。不知他从噩梦中醒来时,会是怎样的一种心情呢?

除了喝奶茶,我还允许他走到操作台里面,随意打开一格格小抽屉,近距离观察几百片神秘的叶子。

"啧啧,你这儿简直就是个叶子博物馆。"他情不自禁地感叹,"这些稀有品种都叫什么呢?我一种也认不出来。"

我笑而不语。

他那么聪明,又在店里那么久,早就看出了那些叶子的神奇之处——我做的奶茶之所以能让人做梦,正是因为添加了叶子煮出的水。所以他才会提出想要打开抽屉,近距离观察叶子的要求。

我很放心地让他把叶子拿在手里又看又捏又闻,但始终对其中的秘密守口如瓶。

今天,他再也按捺不住心里的好奇,居然提出想带走一片叶子,让化学系的朋友拿到实验室检验一下成分,以便研究它携带梦的原理。

"实验室?!"

我吓得手里的杯子都差点掉下来。有必要吗,这么大动干戈?他的探索精神令我佩服又恐慌,一想到自己头上长出的东西要被放在显微镜下观察、分析,我就浑身不自在。

"你是化学系的?"

"不,我的专业是动物科学。"

"那你应该踏踏实实地研究动物,而不是费神研

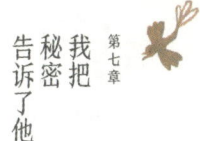

第七章 我把秘密告诉了他

究奇形怪状的叶子。"

我趁机转移话题:"快给我讲讲,你都研究什么动物啊,校园里的流浪猫,动物园里的长颈鹿,水族馆里的海豚?"

"挺多的,除了动物园里那些你见过的,还有一些嘛……是你以前没见过,以后可能也不会见到的。"

"以前没见过,以后也不会见到?"我想起他之前提过的渡渡鸟,"你是指已经灭绝的物种?"

"嗯……"

他迟疑了一下,好像在犹豫要不要跟我解释。

"除此之外,还有一些可能根本不存在的物种。"

"不存在的物种?"

我瞪大了眼睛,心想他是不是疯了。

"但我相信它们是存在的,只是目前缺乏科学依据。"

"能举个例子吗?"

"比如:人鱼、人马、狮鹫、独角兽、食梦貘……"

卖梦人的梦

我因惊讶而张大的嘴怎么都合不上了。

"有什么好惊讶的,奶茶里都能藏着梦,大海里就不能生活着人鱼吗?"他说。

也是,有道理。我像树懒一样,慢动作似的点着头。

等等!他刚才好像还提到了食梦貘?

我之前还以为全世界只有我和天桥上的老奶奶知道这种动物呢。要不要把我床头那只拿给他检查一下……

"跑题啦!"他及时打住,拍了拍抽屉墙,"回到正题:这些叶子是从哪儿来的,为什么能煮出梦来?方便告诉我吗?"

他像小孩子那样好奇地眨着眼,简直让人无法拒绝。

哎呀,你说,我该把秘密告诉他吗?你会把自己的秘密跟朋友讲吗?

我不会。虽然也不是什么惊天机密,但我还是下意识地想要遮掩自己的"不正常"。

第七章 我把秘密告诉了他

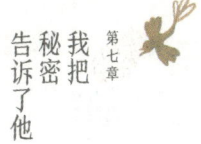

你绝对猜不到——我也完全没料到——紧接着,他居然自己说出了秘密:"是不是从你头发里掉出来的呀?"

我惊恐地瞪着他。难道他是个神探,暗地里早已把我掩饰的一切看穿?

他赶紧解释道:"你午睡的时候,头发里经常掉出叶子。我看见过几次,一直纳闷,又没好意思问。一开始我还以为是外面的树叶落在你头发上,或者是什么新式的头饰发卡,后来觉得应该都不是。"

唉,事到如今,瞒也瞒不住了。我只能祈祷他是个能保守秘密、值得信任的人吧。

"你猜得没错,"我说,"叶子是从我头上长出来的,叶子里的梦都是我做过的梦。"

他瞪大了眼,张大了嘴,跟我刚才的表情一模一样。

"居然真的是……天哪……研究一下……正好可以……"

虽然早有心理准备,他显然还是感到了巨大的震惊,简直有些语无伦次。

听到"研究"这个词,我一下子紧张起来:"怎么,你要研究我?研究一个一做梦就会长叶子的奇怪生物?"

虽然知道有些夸张,但我还是不可控制地脑补出一群生物学家冲进店里抓住我,把我关进笼子带回实验室的场景。

"啊,怎么会呢,我没有那个意思,"他被我逗笑了,"我只是很惊讶——这世界真有意思啊,总能遇见奇奇怪怪的人和事,像童话一样。"

我还是不放心:"没错,我就是奇奇怪怪的人,可我真的没有研究价值。"

他把一只手稳稳地搭在我肩上,手心的温度透过衣服渗透进我心里。

"林林,你放心,我不会把秘密告诉别人的。"

我又一次像树懒一样,很慢很慢地点着头。

第七章 我把秘密告诉了他

"头上长出叶子,哈哈,你这种特异功能还蛮可爱的,我很羡慕啊。"他笑道,"从一开始我就觉得你很特别,与众不同。果然如此。"

我知道他在夸我,可我一点儿也高兴不起来。

"与众不同不见得是好事,什么都是有代价的。"

说到这儿,我想了想纠缠多年的噩梦,回顾了一下自己短暂的人生,心口蓦地疼了起来。

"你不知道,有时我真希望自己能更正常一点儿,普通一点儿。"

一阵暖风把没来得及收进抽屉的叶子吹到了地上,打断了我的话。我弯腰去捡,目光刚好与门外的夕阳相遇。夕阳,总让我联想起回家的时刻。

下班和放学的顾客拥进了店里,我和默默不再聊天,默契地各自忙碌起来。

临走前,他又一次回头说:"我会保密的,相信我。"说完还挤了一下眼,惹得旁边排队的中学生一脸八卦地追着问:"什么秘密,什么秘密呀?"

卖梦人的梦

"我相信你。"我在心里说。

这天晚上,噩梦又来了。

这次的噩梦跟我经常做的那个不完全相同,但有些类似,结局都是我孤零零一个人被留在原地。

我梦到自己在一条繁华的街上走着,忽然有栋房子着火了,有人冲上去救火,却把带冰碴的水泼到我身上。我想跟着人们逃离,跑着跑着滑倒了也没人拉我一把,周围的人匆匆离我而去,表情冰冷,就像泼到我身上的水那么冷。很快,街上就一个人也没有了,只剩下我,和遍地的碎冰。

凌晨三点半我从梦中惊醒,浑身冰冷,心跳得很快。我蜷起身体裹紧被子,不敢再睡着,害怕再做噩梦。

不易察觉的风从床头拂过,仿佛许多只梦的怪兽贴墙而行。很多东西都是这样,你看不见,但知道它在。

是的,在这个世界上,很多东西都是看不见摸不

第七章 我把秘密告诉了他

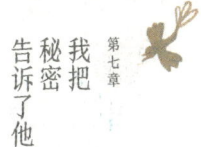

着的,能看见的东西,反倒不一定是真的。

我打开台灯,从床头抓起那个食梦貘摆件,紧紧贴在胸前,无助地问:"你到底什么时候才能醒呢?求你快点帮我吃掉那些噩梦吧!求你了!"

食梦貘半张着嘴一动不动,双眼无神,憨憨地看着我,没有说话。

经过一晚上的折腾,第二天我困得厉害。在店里工作时我不停地打哈欠,干活没精打采,说话有气无力,连煮茶叶都计错了时。

不知你有没有体验过,没体验过至少也见过吧,人严重缺乏睡眠的样子都挺可怕的:表情呆滞,脸色蜡黄,整个人都软塌塌的。

好不容易熬到午后,客人最少的时候,我困得连午饭都不想吃,只想赶紧靠着墙柜迷糊一会儿。

这时,默默一声不吭地扛来一个黑乎乎的大家伙,咣当往操作台后面一扔。

我吓一跳,瞌睡吓跑了大半。

"这是啥?"

"可折叠的躺椅,午睡专用。"他带点得意地笑道,"今天上午你至少打了一百个哈欠,看起来好可怜。现在,安心睡吧,我负责看店。"

如果是在以前,我百分之百会断然拒绝——怎能想象我会在他面前闭上眼睡觉并且麻烦他帮忙看店!多不好意思啊!

但今天不知怎么回事,也许真的太困,大脑停止了运转,我居然二话不说,立刻就把折叠椅打开,大大方方地躺倒,瞬间就睡着了!

你能想象吗,我竟能在别人的注视下呼呼大睡,丝毫不觉得尴尬!是不是很神奇?

后来我才想明白,除了困,更重要的原因,是我把"头上长叶子"的秘密告诉了他。因为知道了我的秘密,他变得与其他朋友不同了。

如果你跟朋友分享过自己的小秘密,或者保守着朋友的秘密,你肯定会觉得你们变得更熟悉,更亲近

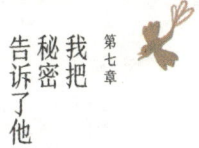

第七章 我把秘密告诉了他

了,彼此信任,彼此惦念。你们的友情好像扎根更深了。

那种感觉……很美好,很奇妙。

你注意到了吗,最近,奶茶店的菜单上有了一些新变化!

"美梦串烧""模糊处理""真正的盲盒"……

你猜,这些都是什么意思?

默默最初来店里帮忙的那段时间,因为操作不熟练,出现了几次小小的失误。也多亏了这些失误,我才受到启发,开发出了更多品种的奶茶。

店里客人特别多的时候,为了提高效率,通常是我在操作台忙碌,吩咐默默去第几排第几个抽屉取叶子。高层的抽屉我要踩着凳子才能够到,有默默这种身高的人在,就方便多了。

有一次,有两片叶子粘在一起,一大一小,大的微微弯折,小的藏在大的怀里,不注意根本看不到。默默取的时候没仔细看,把两片一起拿出来,丢进水

卖梦人的梦

里煮了。叶片在热水里舒展开来,他才发现是两片。

"怎么办?"他手足无措,向我求助。

我想了想,觉得好像也没有必要把它们捞出来。再说,那两片叶子始终粘在一起,大概也是不想被分开的吧。

"就当是买一送一吧。买一个梦,送一个梦。"我说,"买煎饼的时候可以要双蛋,买奶茶的时候也可以要'双梦'嘛。"

以前店里菜单上都是单一的梦,受这件事启发,我开始在同一杯奶茶里搭配多种梦。"美梦串烧"系列就这样诞生了。

那,"模糊处理"是什么?

哈哈哈,因为默默煮叶子的时候手忙脚乱,把握不好时间,水还没沸腾就把叶子放进去了,或者煮的时间不够长就急急忙忙捞出来,导致叶子里的梦没有完全释放到水里,梦境不够稳定、清晰。

不过说来也巧,这种模糊的梦,碰巧迎合了一些

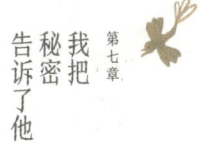

第七章 我把秘密告诉了他

顾客的口味。

每个人的习惯和喜好不同，并不是所有人都喜欢把梦探究得很清晰，把话说得很清楚，把事情看得很透彻。模模糊糊、朦朦胧胧、稀里糊涂，也是一种境界啊。

没想到啊没想到，默默每次都能歪打正着，我不得不感谢他偶尔的粗心大意。

也许，事情并没有绝对的好坏对错之分。有些所谓的失误，其实就是上天特意安排的，自有它发生的理由和价值。

自从默默搬来了折叠椅，我就经常在店里睡午觉。我想把店门关了再睡，默默却说没必要，他会帮我看店，有需要的话就叫醒我。

"真正的盲盒"就是他第一次帮我看店的时候"临场发挥"，一拍脑门创造出来的。

当时店里来了个顾客，默默看我睡得那么香，实在不忍心把我叫醒，索性自己迎了上去。他当时的想

卖梦人的梦

法是,做奶茶的流程他已经记住了,认真一点儿,一定能做好。

顾客低头看菜单,准备选一款梦的时候,他才慌乱起来——他忽然想起自己根本不知道与那些梦相对应的叶子在哪个抽屉!

整整一面墙的抽屉,长得一模一样,而且没有任何标注。除了我,世界上不会有任何一个人能准确无误地从中找到想要的梦。

起初他还犹豫要不要凭感觉随便拿一片叶子,暂且糊弄过去,但又害怕会因此而影响奶茶店的声誉。

最后……你猜怎么着?

我真佩服他随机应变的能力——他向顾客推荐了盲盒款!

"为了增加趣味性和互动性,我们店今日推出特殊的盲盒款,不是我们安排,而是您亲自来抽。"默默说,"我身后的抽屉里有上百种梦,您随机选一个抽屉吧。"

第七章 我把秘密告诉了他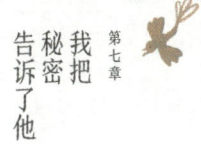

那位顾客是个选择困难症,本来就对着菜单发愁,一听说可以这样选,立刻如释重负。

她随手一指,指向了最顶层,正中央的抽屉。默默从里面取了一片浅蓝色,带有黄色波纹的叶子。(后来他问我那是什么梦,我告诉他是"坐公交时遇到海豚和老虎的梦"。)

虽然以前店里也推出过盲盒款奶茶,但那只是顾客不知道里面装的是什么梦,我心里是非常清楚的。而这一次,做奶茶和喝奶茶的人,全都不知道里面是什么梦。可谓是"真正的盲盒"了!

怎么样,这些与默默脱不开干系的新品,你想不想来一款试试?

第八章

不知道
他们后来
都怎么样了

你喜欢什么天气,晴天、阴天还是雨天?

我喜欢晴天,没有阳光,我就活不下去。

最近连着下了好几天雨,太久没见到阳光,我整个人都昏昏沉沉的。早晨我拉开窗帘,看到外面阴云密布,心里就闷闷的,有些压抑、无力。

临近黄昏,默默下了课来店里帮忙,叫了我好几声我才听见。他见我无精打采,关心地问:"昨晚又没睡好吗?"

"不是。"

虽然挺高兴见到他,可我真的连说话的兴致都没有。

第八章 不知道他们后来都怎么样了

"有什么烦心事吗？你看起来情绪很低落。"

"不是啦……"

我叹了口气，犹豫着该怎么解释，最后决定实话实说。

"是因为太久没晒到阳光，感觉身心疲惫，好像生命力都要流失殆尽了。不过不用担心，只要太阳一出来，我就会恢复活力的。"

默默愣了一下，大笑道："哈哈哈，这么夸张？你是植物吗，需要阳光进行光合作用？"

我耸耸肩："不知道怎么回事。我从小就这样，必须经常晒太阳。"

他感慨："哦！怪不得你这么黑。"

我举起手里的牛奶，假装要往他脸上泼，他扭身一溜烟逃到了店门口。碰巧送原料的货车到了，他便撸起袖子帮我搬箱子。

正是放学时分，门外的街道眨眼就热闹起来，而且明显比往日更加拥挤。对街的小学今天开家长会，

熙熙攘攘的人流中,全是家长带着孩子。

店里顾客很快多了起来,排起了长队。

一个叔叔领着一个女孩走进来。叔叔又高又壮,他一进来,感觉整个小店都塞满了似的。虽然已是春天,那女孩的校服外仍套着羽绒服。她戴着一副细框圆形眼镜,薄薄一层短发,个头高挑,瘦得惊人,脖子细得让我不禁担心起它到底能不能支起她的头。

刚排到他们,叔叔的手机就响了,他对女孩说了句"你自己选",就退到店外接电话了。

女孩应该是第一次来,一脸新奇地浏览了一遍菜单,选了一款"收到一大箱漫画书和零食的梦"的奶茶。

"我要加冰。"她强调。

"这款奶茶更适合做成热的和常温的。"我提醒。

"可我很想喝冰的。"

那个叔叔打完电话进来,一眼就看见我往杯子里倒冰块。

第八章 不知道他们后来都怎么样了

"喂!"他大吼一声,吓得我手一抖,冰块掉了出来。女孩和其他顾客也吓得一哆嗦。那声音震耳欲聋,震得头顶的灯泡都要碎了。

默默听见动静,赶紧从外面冲进来,疑惑地望着我。

"你干吗加冰啊!"

叔叔怒气冲天,不分青红皂白地冲我嚷嚷。

"我家孩子身体弱着呢,今天还有点儿咳嗽感冒,怎么敢喝冰的?生病了你负责?"

莫名被他这么劈头盖脸一通训,我又惊又气又委屈,一时说不出话来。

定了定神,我想解释说是女孩自己要求加冰的,但看到她眼镜后惊恐慌乱的眼神,我又不忍心了。唉,只能用力把委屈咽下去。

默默挤上前,打破了紧张的空气。

"叔叔,您搞错了,这杯是我的。我先下的订单,在外面等好久了。"说罢,对我轻轻眨了下眼。

叔叔看了他一眼,黑着脸没再作声。我心领神会地把加冰的奶茶递给默默,转身又给女孩做了一杯热的。

"谢谢。"

女孩接过奶茶,抱歉又感激地冲我笑了一下。我回了个微笑给她,带着一点儿同情——有一个这样脾气的爸爸,她的日子恐怕不会好过。

默默搬完了箱子,正忙着把原料一包包取出来整理好。我望着他忙碌的身影,心想今天多亏有他在。

开店这么久了,其实我什么顾客都见过,之前也发生过误会、争执。提出奇怪要求的客人,脾气很差的客人,蛮横不讲理的客人,我都遇到过。以前只能独自一人硬着头皮应对,不免有些紧张无助。现在好了,有朋友帮忙撑腰,心里踏实许多。

想到这儿,虽然外面阴云密布,我却感觉到一种类似于阳光照在身上的暖意。

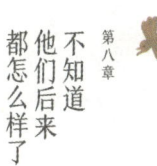

第八章 不知道他们后来都怎么样了

几分钟后,戴红领巾的小胖同学来了。他身后跟着一个阿姨,一条连衣长裙紧紧裹在阿姨身上,衬得她略显臃肿。

小胖是店里的常客,平日进门都活蹦乱跳蛮欢快的,这次却垂头丧气耷拉着眼角,好像刚刚遭受了什么重大打击。

那个阿姨应该是他的妈妈,从进门开始,她的训斥就没停过。

"看看你这次考的,像什么样子!看看你同桌,甩开你二十多名!天天坐人家旁边,竟然能差这么多,你也不学学人家!你整天脑子里都在想什么啊……"

她的喋喋不休充斥了整间小店,排队的顾客都被吵得面露烦躁。那些话都是有重量的,一句句像石头一样砸下来,让人喘不过气。

"家长会上被老师点名批评,你说丢不丢人,丢不丢人?你让我的脸往哪儿放?!说了多少遍,你就是不听话,左耳朵进右耳朵出!"

卖梦人的梦

说着,她便伸手去拧小胖的耳朵,拧得他嗷嗷大叫。

本来被劈头盖脸一通数落就够难受了,而且还被当众拧耳朵,实在是太……太伤自尊了,我都替小胖感到难为情。

正想着,阿姨竟话头一转,毫无预兆地从成绩跳到零花钱。

"考这么差,还好意思跟我要零花钱?看看你吃的喝的都是些什么玩意儿!我一年也不喝一次饮料,你呢,三天两头喝这么贵的东西,哼,也不知道都是些什么东西做的。"

阿姨敌意深深地斜了我一眼,锋利的眼神简直能把我劈成两半。小胖也偷瞄了我一眼,透着一丝患难之情。

我一言不发,以最快的速度把奶茶做好,只求他们快快离开。

阿姨气冲冲地拽着小胖出了门。吵声渐远,店里

第八章 不知道他们后来都怎么样了

好像撤掉了一层钟形罩,所有人都松了口气,呼吸顺畅多了。

我想起小胖以前点过一款奶茶,里面是"长出翅膀从卧室窗户飞出去的梦"。此刻,我完全能理解他为什么选那样的梦。倘若真如阿姨所说,小胖有"左耳朵进右耳朵出"的毛病,我猜那正是他有意无意训练出来的。

那是一种被逼无奈的"生存策略"吧。

最忙碌的时段终于过去,我疲惫地坐下,轻轻敲打着因长时间站立而僵硬的小腿。默默也走过来坐在我旁边,手里拿着刚才那杯加冰的奶茶——冰块早已融化了。

"今天家长们的火气都好大哟。"

他小口地喝着,尽量避开里面的珍珠。

我苦笑:"家长会真是小孩子们的灾难。"

"那不一定。成绩好的孩子会得到表扬,他们应

卖梦人的梦

该会挺开心的。"

他顿了顿,补充说:"也不是所有家长都那么看重成绩,成绩不能代表一切嘛,我就不会因为孩子没考好而批评他——假如以后我有孩子的话。"

"哈哈,看样子你会是个好爸爸。"

他有些不好意思地挠了挠头。

这时,一个圆脸的年轻女孩走进来。

"你好,我要一杯红豆奶茶,无糖。"

我起身笑着迎接她:"哪一款梦?"

"跟昨天的一样。"

女孩走后,默默好奇地问:"她要的是什么梦?"

"大口吃美食,怎么吃也不长胖的梦。"

默默皱起眉头。

我解释道:"她是店里的常客,每次选的梦都跟变瘦有关。"

"可她也不算胖啊。"

"是啊,"我无奈地叹气,"但她觉得自己胖,她

第八章 不知道他们后来都怎么样了

的目标是'骨瘦如柴'。遵循那些病态的标准,她嫌自己脸太大,胳膊和腿都太粗。因此她非常自卑,平时总穿特别宽大的衣服和裤子,为了遮住那些所谓的缺陷。她很辛苦地一次次减肥,却又一次次失败……"

"所以她想在梦里找安慰?"

"看样子是的。"

"这样不太好吧,她似乎已经对你提供的梦产生了依赖。"默默一脸严肃,"你不该帮助她逃避现实,沉浸于幻想,而应该提醒她正确地看待自己。'瘦即是美'的观念本身就是有问题的呀。"

我一时语塞,陷入了沉思。

你知道的,自开店以来,我就一直热衷于用梦去帮助人们实现虚无缥缈的愿望,治疗心理创伤,给人们带去安慰、治愈、快乐和满足。

我发自内心地喜欢做这件事,并以此为傲。但刚刚听他这么一说,我忽然对自己工作的意义产生了

卖梦人的梦

怀疑。

"林林,你怎么了?"看我半天不说话,默默小心地问,"我说错了什么吗?"

"你说的有道理,但我之前确实用梦治愈了很多人。"

接着,我用几个例子,简要介绍了自己过去的"丰功伟绩"。

"你看,他们都因为买了我的梦而变得更好了。人们需要美梦,梦有无可取代的魔力。"我说,"如果这些梦能给人们带去哪怕一丝安慰、一刻安宁、一点儿希望,我就觉得自己做的事是有价值的。"

默默晃着手里的奶茶杯,若有所思。

"可是,梦是假的,梦里的幻觉是短暂的。"

"假的怎么了,"我不甘示弱,"你知道童话是假的,为什么还要读安徒生?"

他不作声了。

我乘胜追击:"幻觉是假的、短暂的,但带给人

第八章 不知道他们后来都怎么样了

的安慰、快乐和力量是真实而长久的。你可以从假的童话里读出真的现实,也可以从假的梦里看出内心的本质。"

"嗯……没错……"他点了点头。

沉默了片刻,他又补充道:"不过我还是觉得,大多数问题,仅用梦是解决不了的。愿望,还是要靠脚踏实地的努力,在现实中慢慢实现啊。"

"那些想要做梦的人,他们有渴望,有伤痛,有留恋,有执着;他们做梦不是为了逃避现实,而是为了醒来之后更好地面对现实。"我说,"所以,我以梦为药,治愈他们。"

"好吧,林医生,"默默说,"你治愈过的那些人,他们后来都怎么样了?"

这话还真把我问住了。

是啊,他们都怎么样了?他们过得好不好,有没有走出伤痛的阴霾,有没有实现内心深处的夙愿?

那些常客我能了解情况,但很多顾客后来再也没

卖梦人的梦

出现过,他们只是与我共享过梦境的陌生人。那种一面之缘让我有种莫名的惆怅,但无论何时何地,我都对他们美好的未来报以祝福和期待。

对了,如果你以后遇到了他们当中的某几个,了解他们的近况,请一定要告诉我,让我放心。

"我也不知道他们怎么样了。"我坦白地对默默说,"反正,我相信,做美梦是有好处的。"

说罢,我转身拉开装叶片的小抽屉,在里面翻找着。

"争论到此结束,现在,我要做一款有梦的奶茶,来治愈我自己。"

我捏出一片金色的叶子,轻轻亲吻了一下,像念咒语一样快速地低声说:"今晚,我要梦到自己躺在草坪上晒太阳——要那种初春的暖融融的阳光,要那种干爽的毛茸茸的触感。"

"啊,我也好想晒太阳!"默默笑道,"好吧,这次算你赢了——给我也来一杯同款的!"

第九章

我做过你做过的噩梦

  初夏是迷人的：天光逐渐拉长，天气湿热得恰到好处，空气里有若即若离的草木气息。所有的植物都为夏天做好了准备，开花的开花，长叶的长叶，深深浅浅的颜色加速成熟。

  看到学生们的校服从长袖变成短袖，看到订单上的热饮越来越少而冷饮越来越多，我就知道，夏天来了。

  临近期末，默默忙着准备考试和论文，来店里的次数明显减少了。

  作为经历过许多次考试季的人，我能理解他时间的紧张，但说实话，心里多多少少还是有些失落。

第九章 我做过你做过的噩梦

怎么说呢……你懂那种感觉吗,就是心里空了一块,别人谁都补不全。

比方说,你有个每天放学时一起结伴回家的朋友,后来他不陪你走了,你换了别的同学一起走,却总感觉不是那么回事儿,总觉得哪里不太对劲,最后只能自己走。嗯,就是那种感觉。

奇怪,以前的我不是这样的呀!以前我不需要任何人,自己守着这家小店就很开心很满足。

而默默的出现打破了这种完美与平衡。我渐渐习惯了店里有他的日子,他不来,我独自工作就容易感到疲惫,提不起精神,找别人帮忙又感觉不够默契,怪别扭的。

现在的我,有了更多的期待与挂念,好像更容易感到孤单了。我对这种变化无法视而不见,又无法解决。

唉,你说怎么办才好呢,真是有点儿烦。

也许是最近情绪低落,变得更加敏感的缘故,今天下午我哭了,为了两个女孩。

你看见那个十五六岁的中学生了吗?

扎细细的马尾辫,斜刘海,眉眼很素净,说话轻声细语。

对,就是她。

她之前也常来店里买奶茶,每次都是跟另一个女孩一起来,两人背一模一样的书包,手拉着手或胳膊挎着胳膊,简直像一对连体婴儿。可是这段时间,她却总是自己一个人来,点两杯奶茶,打包带走。

今天我忍不住问怎么好久没见另一个女孩了,她说她最好的朋友生病住院了,没法上学。这段日子,她放学后一有时间就去医院,带着她们之前最爱的奶茶,一边喝一边聊班里的趣闻,有时还趴在病床上一起做作业,尽量装作压根没有生病这回事。

"真好啊,"我很感动,"希望她快点好起来,重返校园。"

第九章 我做过你做过的噩梦

"不知道以后还有没有机会一起上学了。"

"嗯?"

女孩迟疑了一下,声音有些哽咽:"她得的是很严重的病,不知道还能不能好起来了。"

我的心猛地一沉,眼泪一下子涌出来,眼前的世界模糊了,淹没在一片汪洋之中。

"我相信,我相信她能好。"

女孩取出纸巾擦了擦眼泪,递给我一张。

她带着两杯奶茶离开后,我非常不争气地哭了好半天才止住。等平复了心情,对着满墙的抽屉,我琢磨着:该给那个生病的女孩准备一份怎样的梦呢?

选来选去,成百上千个梦,竟没有一个能让我满意。

面对生死攸关的疾病,一个虚无缥缈的美梦显得那么无力。然而除了梦,我还能给些什么呢?

此时此刻,我多么希望自己是一名神医,能用手术刀和特效药减轻病人的痛苦,而非仅仅用梦给人精

卖梦人的梦

神上的安慰。

无力、无奈和无助的感觉从四面八方袭来，裹住了我。此刻我忽然意识到，之前默默对"以梦为药"提出的质疑是多么中肯。

他说得没错，梦的力量毕竟还是有限的，它只是一种助力。更重要的，是亲手在现实中打理自己的人生，扎扎实实地解决实际的问题。

剧烈的情绪波动和哭泣对身体是很大的消耗。今天打烊时，我感到前所未有的疲惫，快要散架了，好像独自在荒原跋涉了几万米。

关好店门，刚走两步，我愣住了：橘黄色路灯下，站着一个熟悉的身影。他右肩上挂着书包，一只手插在裤兜里，一只手举着书，正读得入神。

"默默！"我惊讶地叫，"你怎么跑到这儿来用功了？"

"这不是好几天没来店里帮忙嘛，难得今天从实验室出来得早，来看看你。"他合上书，"走吧，我送

第九章 我做过你做过的噩梦

你回去。"

"谢谢,不用啦,我住得很近。"

"没事,走吧。"

"真的不用送。"

我想,他那么忙,还是应该早点回宿舍休息。

我固执的拒绝让他很无奈。他摆出一副"真拿你没办法"的表情。

"不用这么客气呀。"

"我没跟你客气呀。"

一群下了晚自习的中学生从旁边经过,见我们站在那里纠缠个没完,纷纷扭头注视,其中不乏奶茶店的常客,看得我脸都红了。

"奇怪,怎么忽然想起要送我啊?"我见他这么坚持,有些纳闷。

"你不是害怕一个人走那条又黑又偏僻的胡同吗?"

我愣住了。

卖梦人的梦

我租房的小区并不远,走过去不到二十分钟,但中途必须穿过一条坑坑洼洼且没有路灯的狭窄胡同。两边老旧的平房等待拆迁,居民全都搬走了,路人极少,白天还好,但入夜后,在死一般的寂静中,每阵风的脚步都让我毛骨悚然——谁知道那些黑暗中潜伏着什么危险呢。

每次晚上经过那里,我都提心吊胆,小腿打战。有一次被垃圾绊倒,吓得我够呛;还有一次听到流浪狗在黑暗中呼哧呼哧地喘气,又看不到具体位置,吓得我拔腿就跑,心跳得都快要炸开。

可这一切,我从没跟人提起过。

"你、你怎么知道的?"我百思不得其解。

他把书包拉链拉好,与我并排走着,若无其事地说:"笨蛋,我做过你做过的噩梦呀。"

哦,差点忘了,他是店里唯一一个会买噩梦奶茶的奇怪顾客。

"所以我知道你梦见胡同两边的墙猛地向中间靠

第九章 我做过你做过的噩梦

拢,把你紧紧卡住无法呼吸;还梦见在胡同尽头被一只红色眼睛的狼持刀抢劫。"

我一时不知该说什么好。

"梦是潜意识的反应。你的恐惧、忧虑和伤痛,经过变形和转化,以噩梦的形式浮现出来。我刚才读的那本书讲的就是梦。"

"哦……"

"你记不记得上个月,我催你去看牙医?"他略带得意地说,"那是因为我喝了奶茶,做了你做过的噩梦:一咬东西,满嘴的牙齿都掉了。由此我推测,你的牙可能出了些问题。"

"啊,我当时还纳闷你怎么知道我牙疼!"

"还有一次,我给你带了几个红苹果。"

"我记得,那种苹果一个有我两个拳头那么大!"

"那是因为,你在一个噩梦里被人抢走了心爱的苹果,冒雨追了一路,摔了满身泥,最终也没追回来,最后伤心地哭了。"

卖梦人的梦

"哦……"

我觉得鼻子有点儿酸。天哪,下午刚哭过,晚上可别再哭了,我的眼睛都要肿了。

"我的那些噩梦奶茶,可不是白喝的。"他笑道,"我知道你害怕什么,担忧什么。能分担就分担一点儿,能帮就帮一下——大家都是好朋友嘛。"

原来他买噩梦是为了这个。我咬住嘴唇,一句话也说不出来。

完了,眼泪又来了。唉,这情景,怎么可能忍得住嘛……

默默陪我穿过那片阴森荒芜的巷子,走到灯火通明的大街上去。

我们并肩走着,随意地聊着天,声音在寂静中被无限放大。平时怎么也走不到头的阴森森的胡同,如今好像一步就跨过去了,如此轻松,甚至还有些欢乐。

"林林,你是不是很怕黑?"他问。

"有一点儿。因为看不见黑暗的角落里藏着什么危险。那种未知令人恐惧。"

"黑暗的角落里……"他想了想,"也可能藏着美好的事物啊。比如萤火虫,还有星空。假如没有黑暗,你根本就看不见它们。"

"是哦……"

有了黑暗,我才能看见光芒。

"没什么好怕的。不要怕。"他用大人哄小孩儿那样温柔的语气念叨着。

这样并肩走着,真好。不过,他似乎走得太快了些(也可能是因为他的腿太长了)。

"你住的是那个小区吗?"他指着不远处的几栋楼。

"对,过个马路就到。"

想到他的陪伴已接近尾声,我感到一阵失落。

"以后晚上只要有空,我还会来送你的,"他好像能看穿我的心思,立即说,"整天闷在实验室和图书馆,正好也需要出来走走路,运动运动。"

第九章 我做过你做过的噩梦

陪我走到单元楼下,他停住了。

"哪个是你家窗户?"

"四楼,从左数第二个,窗台上有几盆花的那个。"

"你种的花可真多,都快把窗户遮住了。"他笑道,"好了,你上楼吧,我在这儿等着,看到灯亮了就走。"

我噔噔噔跑上楼,开门,开灯,开窗,趴在窗边,看着他冲我挥了挥手,不紧不慢地转身离开。我拉上厚厚的窗帘,心里很暖,很踏实。

你一定要记住:真正的好朋友,不仅会陪你晒太阳,还会陪你穿过黑暗,朝着光亮的地方走去。

夜已深了。洗完澡躺下,我感到周身温暖,内心安宁。

我有一种强烈的预感:今夜会有好梦,没有噩梦。

晚安。

第十章

或许
这就是
家的感觉

嗨,告诉你一个好消息:我搬家了,搬到了一个一年四季都能晒到阳光的房子!

之前住的地方离学校近,但有些阴冷,房租最近又要涨,我终于下定决心,搬到一个稍远一些,但基础设施更好的小区去。

我的东西不多,因为从小学起就一直住校,大学毕业时还处理掉了一部分东西,这次搬家,行李就更少了。

一定要带走的,就是我的"家人们":几只玩偶,几盆绿植,几本书。没有家具和家电,没有囤积的日用品,连衣物鞋袜也很少。哈哈,这时我才意识到,

第十章 或许这就是家的感觉

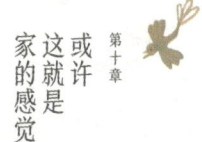

自己的生活居然简单到这种程度。

既然这么简单轻松就能生活,为什么还要在物质上追求更多呢?内心的充实才是最重要的。其他的一些美好事物,比如阳光、空气、友情和梦,都是钱买不来的。

听说搬新居之后最好要请亲朋好友们来家里"暖房",我决定关店一天,邀请默默、路菲和莎莎来新家吃饭。路菲在出版社做编辑,莎莎在公司做活动策划,都很忙,毕业后我们就没怎么见过。

今天是周日,昨夜刚下过一场小雨。崭新的清晨,阳光透亮,万物清爽。我像个得到了糖果的小孩儿,一路蹦蹦跳跳地踩着小水坑,去小区附近的菜市场买菜。

我不太会做饭,打算简单做个土豆泥。默默说他要做红烧肉。路菲要做芒果蔬菜沙拉。莎莎完全不会做饭,她说她会买些好吃的零食过来。

肉我昨天已经买过了,今天只需要买一些调料和

卖梦人的梦

蔬菜水果。我看了看手里的购物清单:冰糖、香叶、八角、老抽、葱、姜……

我在迷宫一般的菜市场里穿梭选购。菜市场闹哄哄的,烟火气十足。

终于,买齐了!我提着大包小包的东西,心满意足地往回走。爬上楼,发现默默已经在门口等着了。

"敲半天门也没人,我还以为走错了。"默默无奈地说着,接过我手里的菜。

"没想到你来得这么早!"

我赶紧拿钥匙开门。

"因为红烧肉要炖很久啊,我得赶紧开工。"他低头看看手里,"五花肉呢?"

"昨天就买好啦,在冰箱里。"

我走进屋,打开冰箱门——咦?里里外外翻了个遍,完全看不见肉的影子!

默默架起两只胳膊,皱着眉头盯着我:"你确定已经买过了?"

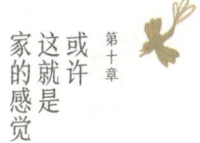

第十章 或许这就是家的感觉

我的语气非常不确定:"我确定……"

仔细回想了一下,我确实记得买过肉了,但是冰箱里没有,那么……

那么只有一种可能:我是在梦里买的。

我又把梦当成现实了!

没有肉,怎么做红烧肉?我非常抱歉地看着默默。

"要不,我现在跑出去买?菜市场不远。"

"算了,不用麻烦了,"他叹口气,又检视了一遍冰箱,"鸡蛋倒是不少。这样吧,我做个红烧鸡蛋。"

红烧鸡蛋?还真是头一次听说。

"你自创的吗?"

"嗯,独家秘方。"

他轻车熟路地煎了几个鸡蛋,然后用做红烧肉的方法把它们放进锅里炖了起来。

我满腹狐疑:这样也可以?能好吃吗?但看到他胸有成竹的样子,我又渐渐放下心来。

没多久,路菲来了,我们一起洗菜、切菜、做沙

卖梦人的梦

拉和土豆泥。红烧鸡蛋的香气从厨房溢出来,整个屋子都飘荡着家的气息。

这样的聚会我幻想过许多次,大家一起忙活,欢声笑语,一切都暖融融的,散发着柔和的光。在这种氛围下,一切烦恼都化为乌有,我感到内心前所未有的充盈和温暖。

是的,我有玩偶、绿植、冰箱贴这些安静的"家人",但我更需要有血有肉有温度的真实的家人,在我清晨出门时对我说再见,在我深夜回来时给我留一盏灯。我渴望这样温馨的日常,它们在琐碎庸常的生活中滋养着我的心。

此时此刻,梦寐以求的场景就在我眼前,缥缈恍惚,分不清来自想象、梦境还是现实。

泪水溢满了眼眶,我悄悄抹掉了。

说实话,我不太明白"家"这个字的含义,对我来说,它只是一种想象中的东西。

但这一刻,我感受到了"家",就像一个没吃过

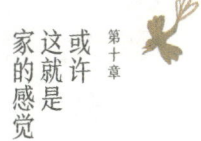

第十章 或许这就是家的感觉

苹果的人忽然明白了苹果的滋味。

莎莎一如既往地迟到了,这是她的风格。十二点多,饭菜都摆上桌了,她才风风火火冲进门。她解释说迷了路,跟着导航在小区外面绕了好半天,还被几只流浪猫流浪狗尾随了一路。

摆上莎莎带来的小蛋糕、薯片和提子,哇,这顿午餐太丰盛、太漂亮了!

我们早就饿了,立刻埋头吃起来,几乎顾不上说话,屋里只剩下"吧唧""咔嚓""哧溜""啊呜"的咀嚼和吞咽声。值得一提的是,默默做的红烧鸡蛋是最先被吃完的,连盘子里的汤汁都被勺子刮干净了。

吃过饭,莎莎和路菲先走了,默默留下和我一起收拾碗筷和房间。

"哎?这是……"正扫着地,他捡起一片叶子,颜色凝重,绿里透着灰色。

"梦的叶子。不知怎么掉出来了。"我不以为意。

他拿在手里仔细观察。

"我检查过店里装噩梦的抽屉,这种颜色的叶子占了一大半。都是一样的梦吗?"

"对,内容都差不多。"是那个多年来反复侵扰我的熟悉的噩梦,像怪兽一样追着我不放。

"梦不会无缘无故地出现,"他若有所思,"同一个噩梦,做了这么多次,一定有很深的根源。它暗示着什么呢……"

"怎么,你要查阅《周公解梦》吗?"我开玩笑。

"那个没用。最深的原因,只有你自己才知道。"

"我不知道,"我摇头,"我真的不知道这个梦为什么总是出现,带着什么寓意。"

"这个我带走了,回头帮你分析分析。"他顺手把叶片装进口袋。

"别……"

"啊,好可爱的食梦貘!在哪儿买的?"他旋即转移话题,拿起那个傻乎乎的小摆件——身体像马,鼻子比大象短一点儿,有犀牛的眼睛和老虎的腿,以梦

第十章 或许这就是家的感觉

为食的食梦貘。

"一个陌生的老奶奶送我的。"

食梦貘张着的嘴巴忽然合了一下。我一惊,还以为是眼花了。

"真的吗?谁呀?"

默默正扭头跟我说话,什么也没注意到。

我紧紧盯了好久,食梦貘一点儿动静也没有。也许是我眼花了,我松了口气。

奇怪的是,等我把默默送下楼后再回到家,床头的食梦貘竟然不见了!我翻箱倒柜一通找寻,哪里也看不到它的踪影。是的,它消失了,怎么都找不到了。

我想起天桥上那位老奶奶的话:"这只食梦貘终有一天会醒来,吃掉困扰你多年的噩梦。"

它终于醒来了,它会动了,这是好事。可是,它去哪儿了呢?

难道,是跟着默默走了?

第十一章

他就这样从我的生活中消失了

那次聚会之后,很长一段时间都没有什么特别的事发生。

消失的食梦貘没有再回来;我照常在店里卖那些有梦的奶茶;默默选了暑期课程,暑假留在学校没有回老家,依旧隔三差五来店里帮忙。生活平静而安稳,就像海面上稳稳航行的大船。

我喜欢这样的日子,平静而不失活力,没有惊喜,也没有失望。

有些人喜欢起伏波折的人生,觉得那样才刺激、有新鲜感。可我在梦里已经颠簸得很累了,所以只希望日子能一直这样宁静愉悦下去。

第十一章 他就这样从我的生活中消失了

可惜命运似乎并不喜欢这样的剧本,平静久了,就一定要搅动出些许波澜。

波澜是从秋天开始的。

九月,新的学期开始了。

小胖同学从小学升入了初中;对面楼上公司的小姐姐换了个不用加班的工作;住院的中学女孩的病情也有了一点儿好转。

一切都很好,店里的工作也按部就班地进行,只是……

只是,默默好多天都没来了。

起初,我耐心地等,等啊等,一天又一天。每次有人走进店门,我都满怀期待地抬起头,然后再失望地低下头,继续做手里的活儿。

就这样过了一个星期,我终于开始心神不宁、坐立不安。

他怎么还不来呢?刚开学,课程应该不忙啊。就

卖梦人的梦

算有什么事脱不开身,他以前都会跟我说一声的。

他是不是出什么事了?

发了几条信息他都没回,我又忧心忡忡地拨通了他的电话。听到"关机"的提示音时,恐惧像一群长腿黑蜘蛛,眨眼就爬满了我的心房。

我越想就越焦虑,越焦虑就越容易胡思乱想:他不想来店里帮忙了?他开始厌倦我了?他交了其他关系更好的朋友了?他就这样从我的生活中消失了?

他就这样从我的生活中消失了!

我虽然理智上相信他不是冷漠无情的人,而且确实找不出他这么做的理由,可我无法摆脱那种极端的悲观的念头,我就是有那种感觉——他离开了我,不会再回来了。

那种强烈的无助和恐惧感似曾相识。仔细回想,哦,原来,我已经在梦里经历过无数次了。就是那个多年来反复侵袭的噩梦——

一大群人亲亲热热地围着我说笑,气氛热闹而温

第十一章 他就这样从我的生活中消失了

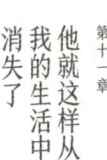

馨。突然,毫无预兆地,所有人都离开了,只剩下我孤零零地站在原地。环顾四周,一个人影都找不到,只有冰冷空旷的灰色世界。我哭泣、大喊,却得不到任何回应。我不知道他们为什么抛弃了我,事情就是这么发生了,没有告别,也没有挽回的余地。

脑袋里一团乱麻,可怕的想法一个接一个飞速地冒出来。默默突如其来的离去,触发了我体内埋藏的地雷,巨大的负能量爆发出来,几乎要把我撕碎。

我哭着跑进大学校园,试着寻找他的身影。

正赶上新生入学,到处都是拖着行李箱的同学,校园里闹哄哄、乱糟糟的,找个人谈何容易?东奔西跑一无所获,我想,不能就这样没头没脑地到处乱撞,得找点线索。

我想起默默的单车,之前他帮忙送外卖时骑过,我记得车的样子。

于是我开始满校园找他的单车:教学楼外,图书馆外,操场门口,食堂门口……大概看了有几百辆单

车,最后,终于在某栋宿舍楼下找到了。

我松了口气,站在他的单车旁,傻乎乎地等了两个多小时,却始终没有等到他来。

看着来来往往的同学,一张张陌生又相似的年轻面庞,我感到非常恍惚。一个念头闪过脑海:难道……

难道默默只是我做过的一个梦,一个很美好很漫长的梦?!

难道我又把现实与梦境搞混了,现实中并不存在这么一个人?

想到这儿,我吓出一身冷汗。

他的单车就在我身边,这算不算他存在过的证明?但也许这仅仅是一辆很眼熟的单车,跟他并没有什么关系。

真的有什么能证明之前发生的一切都是真实的吗?说不定,我们经历的所谓现实,也只不过是一场梦罢了。

种种思绪乱作一团,我感觉自己脑袋快要炸开了。

第十一章 他就这样从我的生活中消失了

我在单车边焦虑地走来走去，一直等到夜幕降临，累得快要站不住了，才拖着疲惫的双腿离开。

此时，校园里的热闹已渐渐平息，走着走着，我听见心里浮出一个声音："没什么好怕的。不要怕。"

那是默默曾对我说的话——也可能，是梦中的人曾对我说过的话。

"没什么好怕的。没什么好怕的。"我不断地重复这句话，安抚着自己的心。

第二天下午，临近黄昏，店里被顾客塞得满满当当，队伍都排到门外了。

默默出现的时候，我正没精打采地做着奶茶。他一路挤进来，走向操作台。余光看到有身影靠近，我抬头正要说"请排队"，见到是他，一下子凝住了。

他是真实的吗？我现在身处现实还是梦境？

"嗨，林林！"

那么熟悉，那么真切。是他的声音。

卖梦人的梦

诧异、狂喜、困惑、委屈、生气……千言万语都堵在喉咙,我什么也说不出,只有眼泪涌了出来。

见到我哭,他呆住了,排队的顾客也呆住了。大家互相看来看去,都不明白到底发生了什么。

我被强烈的情绪击溃,脑袋发蒙,两腿瘫软,把手里的东西一扔,往地上一坐,失声大哭。

"林、林、林林?"他不知所措,吓得话都说不利索了。

"怎么回事,怎么回事?"顾客们低声说话,议论纷纷。

默默只好挨个儿道歉,把他们请出去,匆匆关了店门。

外面人流车流熙熙攘攘,奶茶店如同急流中一座安静的小岛,一切都被阻隔在门外,只有偏西的阳光从窗户透进来,滑过操作台,流淌到我脚边。

默默陪我坐在地上,轻轻拍着我的后背。等我哭累了,稍稍平静下来,他才小心翼翼地问:"你,怎

第十一章 他就这样从我的生活中消失了

么了?"

"没什么。"我摇摇头,声音发哑。我不知怎么解释才好,而且刚哭了一场,有些虚脱,没力气说话。

"到底怎么了?"

我用红肿的眼睛把眼前的人仔仔细细地打量了一遍。

"我现在是在做梦吗?"

他莫名其妙地看着我:"什么意思?"

我揉了揉眼:"你去哪儿了?为什么这么久都不来?"

"就因为这?"他哭笑不得,"我就几天没来,至于生这么大气吗,居然哭成这样?"

怒火渐渐烧上来,我清了清嗓子,不自觉地抬高了声音:"你莫名其妙地消失了那么多天,消息也不回复,电话也打不通!我怎么都找不到你,还以为你故意躲着我,还以为你消失了!"

"我躲你干吗呀?"他又急又气。

"是啊，你躲我干吗？"

"我没有躲着你。我只是报名参加了一个科考队，出发日期突然提前了，走得急，没来得及跟你说。进入深山无人区之后，手机没信号，所以一直关机。而且，那个项目完成得不太顺利，我也没想到会在山里待那么多天。"

原来是这样，是我想多了。我心里有些释然，眼泪却不争气地涌了出来。

他长长地叹了口气。

"对不起，我应该提前跟你打个招呼的，不过我真没想到会引发这么严重的后果……我都不知道自己到底做错了什么。"

他一眨不眨地注视着我，眼睛里满是沉重的担忧。

我擦了擦眼泪。脸颊旁的几缕头发沾湿了，粘在脸上，我又理了理头发。想到刚才的失态，觉得有点儿不好意思。

"唉。你是应该告诉我一声的，毕竟一走就是一

第十一章 他就这样从我的生活中消失了

两个星期。害得我到处找你,担心死了。"

"那也不用生这么大气吧,竟然哭成这样,我还以为发生了什么天大的事。"他无奈地叹气。

"我不是生气,我只是……"

我顿了一下,犹豫着要不要说出内心深处最真实的感受。

"害怕。我只是太害怕了。"

"害怕?"他一脸困惑,"害怕什么?"

"害怕你离开我。"

他傻愣愣地反应了半天,好像听到的是外语,完全理解不了其中的意思。

"什么意思?"

"嗯……就是……"我搜索着更为贴切的表达,"从我的世界消失。不辞而别。我再也找不到你了。我失去了最好的朋友。"

他百思不得其解,摊开两只手:"平白无故,我干吗要离开你呢?真是莫名其妙。"

卖梦人的梦

"也许你就是不想理我了。"

他一听,又好气又好笑。

"你怎么会这样想?我是那种喜怒无常、无情无义的人吗?我们之间的友情就这么脆弱、说断就断吗?"

我不好意思地笑笑:"其实我也觉得不太可能,可我就是控制不住地那么想。好奇怪。"

他叹了口气,揉了揉头发,抹了把脸,好让自己从刚才的惊吓和困惑中恢复过来。

"你以后能正常点儿吗?"我说。其实我的意思是"你以后能别突然失联吗"。

他的脸皱成一团,苦笑道:"这话……这话应该我说吧?你啊,你以后,能正常点儿吗?"

看到他那无辜的,甚至有些可怜的表情,我"扑哧"一下笑了出来。

"还好意思笑,哼,我今天都快被你吓死了。"

我撇撇嘴:"谁让你突然消失的!害我白白哭了那么多次。"

第十一章 他就这样从我的生活中消失了

"我没有消失,我不会消失的。"

这句话像一颗定心丸,我立刻感觉踏实多了。

"走吧,天都黑了,今天别再营业了,早点回去休息。"他说。

我往窗外一看,夜幕已降,华灯初上,黄昏时归家的人,应该都到家了吧。

在地上坐了太久,屁股和腿都麻了。起身的时候他拽了我一把,我才晃晃悠悠地站起来。

"你快回学校吧,时间不早了。"我说。

"好。你先冷静冷静,缓一缓,改天我们再慢慢聊。"他想了想,"去月亮草坪聊怎么样?"

我点点头,感觉有些虚脱,浑身无力,头也有点儿晕。不过,心情真的轻松多了。

连续多日压在心口的绝望的石头终于卸了下来,生活重新注满了阳光。这感觉,大概就是所谓的失而复得、起死回生。

我希望以后再也不要体验这些感觉了。再也不要。

第十二章

能给我讲讲你的童年吗

卖梦人的梦

月亮草坪是大学校园里我最喜欢的地方。

那里草地平坦柔软,边缘种了一圈树和花,还有一截矮矮的篱笆,简单而美好。读大学那几年,天气好的时候,我会独自带一本书去月亮草坪坐着读,或者什么也不做,只是晒着太阳发发呆。

草坪面积挺大,早上经常有同学在这里晨读,周末会有一些社团在这里搞活动,春秋时节还会有人在这里野餐。有些老师会带自己的孩子过来,笑眯眯地看着小孩子们在草坪上奔跑、打滚儿、观察昆虫。这片草坪承载着太多人的美好记忆。

今天的阳光暖融融的,微风拂面,明明是秋天,

第十二章 能给我讲讲你的童年吗

却有一点儿春天的错觉。下午,我走到月亮草坪时,默默正坐在地上跟流浪猫玩。那只猫看样子真的很喜欢他,在他腿边蹭来蹭去,尾巴勾住他的脚踝。

我走过去坐下,猫只对我"喵"了一声,并没有靠近。

我带了一小盒巧克力,给默默剥了一颗,给猫也剥了一颗。

"猫不能吃巧克力,会生病的。"说着,他把猫的那颗也丢进自己嘴里,"不能浪费,还是我替它吃吧,哈哈。"

"巧克力这么美味的东西,它居然不能吃,好可怜。"

我同情地看了猫一眼,它却对我视而不见。

"猫对咖啡因过敏,挺危险的,"默默解释道,"而且,猫的味蕾分辨不出甜味。"

"好可怜哦。"我再次感叹。

猫似乎很讨厌被人同情,扭头走了。

卖梦人的梦

初秋的草坪绿中带黄,坐上去软绵绵的。默默向后一倒,头枕书包,伸直双腿,舒舒服服地躺着晒太阳。

"你背上粘了好几根头发。"

从新的视角,他有了新的发现。

"哦,"我背过手去摸,"我每年一到秋天就开始掉头发,跟树木落叶一样。秋天一过去就好了。"

"那个,前两天的事……"我迟疑着,不知怎么开口。

"都过去了。"他打断我,"以后我如果有事,会提前跟你说的。"

"哦。"我把包巧克力的彩色锡箔纸揉成一团,捏在手里,不知该说什么。

"但是,说真的,你以后可别那样紧张兮兮的。拜托了。"

"我就是担心啊……"

"有什么好担心的?"

第十二章 能给我讲讲你的童年吗

"担心你突然离开。你要是连着几天不出现,我就会胡思乱想。"

"林林,你能不能别这么敏感,"他坐起来看着我,一副很痛心的样子,"为什么总是往坏的方面想?"

"我控制不住,"我简直快要哭出来,"我也不知道自己是怎么回事。"

他沉默了,像是在思考什么。一片树叶从半空中晃晃悠悠飘下,最终落在我们之间。

"说不定,我知道。"他拉开书包,从里边拿出几本书和一沓打印的资料。

"这是什么?"

"心理学方面的书。"

他边说边翻页,我注意到里面有许多画线和标注。

"我这两天查了一些资料,想知道上次你为什么会有那样的反应。研究之后,我觉得,大概可以用心理学里的'依恋类型'来分析。"

"依恋类型?"

"有四种依恋类型,你应该属于焦虑型。"

我迷茫地看着他。

"焦虑的依恋类型可能来源于早年与抚养者的互动,或者后天在关系中形成的依恋损伤。"他解释道,"简单来说,就是小时候你父母对待你的方式,会影响你长大后与人相处的模式。"

"我还是不太明白。"

"比方说,当你还是个婴儿的时候,你因为饿或冷而大哭,你的父母总是能及时安抚、满足你,你就会感到舒适和安全,对他人充满信任。这样就形成了安全型依恋,长大后,你就更容易与他人发展出轻松、信任的人际关系。"

"哦……"

"反之,如果你的抚养者很不稳定,经常心不在焉、烦躁易怒,你得不到及时的关注和回应,需求得不到满足,就会对他人产生焦虑和不信任。那种不安全感和匮乏感会深深嵌入记忆中。长大后与人相处,你容

第十二章 能给我讲讲你的童年吗

易过度紧张,总担心别人是不是还在那里,总怀疑自己会不会被抛弃。"

我心里一沉,没有说话。

"你有很明显的分离焦虑,你反复做的那个噩梦,也反映出了这个问题。"他说,"幼年的依恋模式对人的影响很深,会贯穿一生。但也不用担心,你可以通过有意识的努力,通过创造新的经验来一点点改变它。"

我的脑袋有点儿混乱,就像脚下相互缠绕的绿草与枯草。

"很多问题都可以追溯到原生家庭,"他收起书本和资料,认真地看着我说,"所以,如果你不介意,能给我讲讲你的童年吗?我好像从没听你提起过你的父母。那次去你家做饭,也没有看到任何亲人的照片。"

我深深吸了一口气,用很轻很细的声音说:"小时候的事,我都已经忘了。"

他匪夷所思地看着我:"不会吧?"

我避开他的目光,面无表情地盯着地面,努力让自己保持平静。

"你不想讲,就算了。"他小心翼翼地说。

我一声不响地站起来。

"怎么了?"他问。

"突然有点儿不舒服。头晕,恶心。"

他慌忙从草坪上爬起来:"我送你去医院吧。"

"不用了,我回去躺一会儿就行。"

我快步离开,逃命似的。

"你不是头晕吗,别跑那么快,注意安全!"

默默在后面追了几步,看我没有停下的意思,就很知趣地不再追了。

你知道,我早就把关于梦的叶子的秘密告诉了他。但你不知道,我的秘密不止一个。

是的,还有一些他不知道的事。我没有说,不是因为我们关系不够好,不是因为我不信任他,而是

第十二章 能给我讲讲你的童年吗

因为……

因为羞耻？因为害怕？因为难过？我也说不清。

很多人心底都埋着一些难以启齿的秘密吧，比如小时候受过的伤，那些久远的不愿触碰的记忆。如果你也有，你应该能理解我此刻的心情。

夜里，我做了一个噩梦。

我梦到默默又无缘无故地失联了，电话打不通，发信息也不回，哪里都找不到他，好像这个人已经从世界上彻底消失。恐慌的感觉像一双大手，把我来回撕扯、碾压。我大哭着从梦里醒来，枕头湿了一大片。

我从凌晨四点一直躺到天亮，头脑清醒地思考着默默下午在草坪上说过的话。

他说的没错，我确实很像那种焦虑型人格的人，有着无法摆脱的焦虑和恐惧。他说可以通过努力来改变，对此，我没有什么信心。

卖梦人的梦

唉，要不要把童年的秘密告诉他呢？想到这儿我打了个冷战，心里没来由得生出一丝害怕——害怕他了解之后会离我而去。

"我不会消失的。"他说过这样的话，对吧？我努力安慰自己。

就这么想来想去，翻来覆去，不知不觉天就亮了。

阳光从窗帘缝隙漏进来的时候，我终于下定决心，打算让他去一个地方。到了那儿，不用我说，他就都知道了。

怎么开口呢？

来到店里，我先找出关于那个地方的梦的叶子，煮好，给默默做了一杯奶茶。

接着，我用微微发颤的手，在杯身上写了一行小字："明天，在梦里的那个地方见。"

临近中午的时候，默默来了。我放下做了一半的其他顾客的奶茶，把早早备好的那杯递给他。

第十二章 能讲讲你的童年吗

"这个梦很重要,你一定要喝完。"

他心不在焉地接过去,注意力全在我脸上。

"身体好些了吗,头还晕吗?黑眼圈很重啊,昨晚是不是没睡好?"

我没接茬,只是不住地强调:"一定要喝,要做梦。"

他这才低头看了看手里的奶茶。

"是美梦还是噩梦?"

"噩梦,可能是有史以来最恐怖的噩梦。"我故意夸张地说,"你不会吓得今晚不敢睡觉吧?"

"怎么会!我最……"

他的话被手机铃声打断了。他接起来"啊"了两声,神情顿时兴奋起来,两眼放光。

"真捉住了?好,我马上回去!"

他慌得手机都差点儿掉下来,只对我说了句"以后再跟你细说",扭头就冲出了门。

"记得喝奶茶!"我朝他的背影喊。

不知道他遇到了什么急事。没关系，等到明天，我们有的是时间说话。

但是，他如果没有喝那杯奶茶，没有做梦，就不会知道要去的地方在哪儿，就无法赴约了。

而我最怕的，是他梦到了那个地方，却不愿意去。

第十三章

这就是我小时候住的地方

卖梦人的梦

今天奶茶店不营业。

秋日天空透彻清亮,阳光明朗。我穿上最喜欢的一条裙子,戴一顶亚麻遮阳帽,独自坐车,去了市郊的某个地方。

大巴车晃晃悠悠走了很久,抵达那一小片树林时已是下午。

在城市里待久了,来到郊外真是心旷神怡,大自然特有的宁静与清新令我浑身放松。

树影温柔地落在我身上,在风中发出若有若无的声响。多年前的小树,如今已长得很高。多年前走过的小路,如今已经找不到了。但石头和土地还是那个

第十三章 这就是我小时候住的地方

样子，空气里的气味也一点儿没变。

置身此地，早年的记忆争相苏醒，我有些恍惚，有些伤感。其实我并不想忆起它们。真的不想。

也不知默默什么时候才到，我又困又累，便把手机调成静音，躺在一棵满是黄叶的树下打起了盹儿。

他来了，穿着我们第一次见面时穿的那件宽大衬衫。我从地上跳起来，开心地迎上去。没想到，就在快要碰到他的一刻，他却像玻璃一样，哗啦一声碎了！

"啊！"我尖叫，感觉血管就要崩裂。

"啊——啊——"几声乌鸦的惨叫把我唤醒。

原来是个梦。

我浑身僵冷地坐起来，擦了擦冷汗。

茫然四顾，太阳低低地坠在西边的树上，已是黄昏了啊。睡了这么久，落下的树叶都快把我埋住了。

可是默默还没有来。

他遇到了什么事吗？他没有喝那杯奶茶，没有做梦？或者——我最害怕的——他不愿意来？

卖梦人的梦

他也开始嫌弃我了吗？因为我是个孤儿？

我木木地站起来，拖着有些瘫软的腿，缓缓向树林边上走去。那儿有一所小小的孤儿院。

看吧，这就是我要带他去的地方，这就是我小时候住的地方。我没有家。

我是孤儿，从生下来就是。

你想象过生活在孤儿院里的日子吗？每个地方的孤儿院情况应该有所不同。在我生活过的孤儿院，你不会受到虐待，但也不会得到多少关心。倒不是负责照看的阿姨缺少爱心，而是因为孩子太多，她们实在忙不过来。

孤儿院里的孩子，大多数都有身体上的残疾或先天疾病，很少有跟我一样各方面健全的。我们都渴望能被一个家庭领养，这个家庭不需要很有钱，也无所谓社会地位，只要是一个正常的、有爱的家庭，我们就很满足很满足了。

人的梦想，可以大到拯救全宇宙，也可以小到只

要一个窝。吃着妈妈做的饭菜，在校门口等爸爸接自己回家，在属于自己的房间里看书睡觉……对别的孩子而言再平凡不过的日常，在我们眼中，却胜似天堂。

偶尔会有大学生志愿者来这里看望我们，也有好心人过来捐赠物资和钱。他们总是一批批地来，短暂停留后，又一批批地离开，之后再也没有回来过。

那时我有个关系还不错的朋友，一个比我大两岁的女孩。有一年，一对夫妇想领养孩子，他们来了几次，在我和她之间犹豫不决，最后，他们把她带走了。

他们选择了她而不是我，也许是因为她比我乖巧可爱，也许是别的什么原因，我不知道。平心而论，我很高兴也很羡慕我的好朋友有了一个家，但同时我也感到了深深的失落和受伤。

从那以后，我的生活就变得更加孤单难熬了。

我越来越频繁地跑去孤儿院外的小树林，在那里，我有大自然作伴：精神饱满的野花和树叶，叶片上的水滴，树干上的蜗牛，荒草掩映下的蚂蚁洞，探头探

第十三章 这就是我小时候住的地方

脑的兔子……这些对我来说都是极大的抚慰。

我在树林里一坐就是一整天,静静地、深深地感受树林的一呼一吸,甚至能感觉到树根在泥土下吮吸水分,树冠在半空中传递着微妙的讯息。我时常忘了自己,仿佛已与树林融为一体。

按照孤儿院的规定,我是不能随便出院门的。负责看管的阿姨把我盯得很紧,当然她们是好心,怕我跑出去迷路或者受到什么伤害。

没办法,我只能爬树,然后抓紧枝条,像荡秋千一样荡到墙头,然后翻墙出去。

有一次,我在树林里撞见了散步的院长——一个面庞清瘦、两鬓微白、温文尔雅的爷爷。

我紧张地低着头,等着被数落。很意外地,他居然没有批评和惩罚我,只是牵着我的手,把我领了回去。

没有人能解释他为什么对我如此包容。阿姨们私下里也讨论过,院长对我总有那么一点儿特别,给我

特殊照顾，她们谁都猜不出缘由。

七岁那年，我得以离开孤儿院，住进了寄宿制小学。后来我上了寄宿制中学，再后来我考上了大学，有个好心人资助了我，直至我大学毕业完全独立。

我没有见过那位好心人，他住在遥远的国度，我们只有过几次书信往来。我从心底里深深地感恩并祝福他。

孤儿院里的幼年记忆并不怎么令人舒服，所以我内心一直有些排斥和逃避。十几年了，我一次都没有回来过。

我怀着复杂的心情走进了孤儿院的大门。

院长爷爷正在花坛边散步。一见到他，我的眼睛立刻就湿润了，胸口涌起强烈的伤感——

印象中，他没有这么瘦，头发没有这么白，步履也没有这么蹒跚啊。时间是最无情的，衰老是最无奈的。

第十三章 这就是我小时候住的地方

"院长爷爷。"我轻声喊。

他先是愣了一下,眯起眼看了半天才认出是我。

"林芽?是你吗?"他惊喜得双手都在发颤。

啊,这么多年,他居然还记得我!

出乎我自己的意料——我快步走过去,一把抱住了他。

"孩子,你好多年没回来了。"他笑盈盈地打量着我,"啊,已经长得这么高了!"

我简要地讲了讲自己毕业后开了家小店、做着喜欢的工作的事。他得知我生活得不错,才放下心来。

十几年没回来,孤儿院已经被改造得快认不出来了。院长爷爷领着我在里面参观了一番。

如今的设施真的比当年好了太多,宿舍、食堂、活动室、游乐场……甚至还有一个小小的图书馆。保育员和志愿者也多了起来,孩子们能得到更好的照顾。

"以后有时间就回来看看,陪这里的孩子们玩玩。"院长爷爷说,"今天也不早了,不着急赶回去的话,

可以在这儿住一晚。"

我这才想起此行的目的,想起默默到现在还没来。

他不会来了,他不会再联系我了。失望和悲伤来得猝不及防,我一下子哭了起来。

"怎么了?"院长爷爷诧异地问。

"爷爷,为什么我爱的人最终都会抛弃我?我那么讨人厌吗?"

"为什么说这种话!"他吓了一跳,抚摸着我的头,"别哭,慢慢说。"

我抽泣着讲了关于默默的事。

"当年,父母抛弃了我;现在,最好的朋友也要离开我了……"

"没有的事!"院长爷爷说,"你的朋友没有赴约,肯定是被什么事耽误了,或者是那个梦出了什么问题。他不会因为你是孤儿就嫌弃你的。"

"我就是个没人要的孩子。"

我越说越难过,索性伏在爷爷怀里大哭起来。

第十三章 这就是我小时候住的地方

他沉默了一会儿,说:"看来,你的身世问题,不能瞒下去了。"

"什么身世问题?"我抬起头。

他拉着我坐在花坛边上,用沉而缓的语调,讲起了那件在他心里埋藏了二十多年的奇事。

"当年,孤儿院为了扩大面积,砍掉了院外的一小片树林。其中有一棵树苗正在冒芽,嫩绿鹅黄的,我特别喜欢,不舍得砍,就移植到我的办公楼下,透过窗户就能看见。有天早晨我来到办公室,向外一望,竟不见小树苗的绿影。我下楼查看,发现原先的位置只剩下一个树坑,树坑里,有一个安睡的婴儿。"

我目瞪口呆,眼泪都忘了擦。

"那就是你。不知为什么,你从树变成了人。"

那就是我?

我是树变的?

我一时有点儿反应不过来。

怪不得我做完梦之后头发里会长出叶子。怪不得

卖梦人的梦

我晒不到太阳就会失去活力。怪不得我一到秋天就会像落叶一样掉头发……

"林芽,你不是被抛弃的,你是个好孩子,我们都很爱你。"院长爷爷说。

我不是被抛弃的。我原本是树林的一部分,和我的亲人朋友们生活在一起。它们突然离开了我,是因为被砍伐,而不是有意弃我而去。

我的脑袋里一阵阵轰鸣——啊,我终于弄懂了那个梦,那个困扰我多年、反复出现无数次的噩梦。梦里的情景,不正是我幼年的亲身经历吗?虽有稍许不同,但依旧真真切切可以识别。

原来是这样。我恍然大悟,感慨无言。

院长爷爷叹了口气。

"也许,我应该早点儿把这个秘密说出来,让你早点儿消除困扰。"

"您之前为什么不说?"

"这么奇异的事,我说出来,恐怕也没人相信,

第十三章 这就是我小时候住的地方

说不定他们还会以为我脑袋有问题，对我不再信服。更重要的是，那时你还小，我担心你暴露真实身份后，会受到歧视或者其他伤害。所以我什么也不说，只是悄悄关注你，期待你能与别的孩子有些许不同。"

我点点头，感谢他的良苦用心。

"我们身边的很多人，其实都不是人。"院长爷爷一脸认真地说。

我看着他，眨了眨眼。

"哦，我不是说脏话，我的意思是，他们可能也是从别的事物变来的。不爱动的你，其实是一棵树，那个爱吃噩梦的男孩，说不定，就是一只食梦貘呢。"

食梦貘？我笑了。也不知床头那只食梦貘跑到哪里去了，现在还好吗。

"天快黑了，"院长爷爷看了看天色，"现在几点了？食堂应该开饭了，我们一起去吧。"

我想拿手机看时间——咦？手机呢？全身上下搜了一遍都没有。

卖梦人的梦

我回想了一下,赶紧跑出孤儿院,在刚刚睡觉的树下,在落叶堆里找到了手机。

一看,居然有十几个未接来电,都是默默打的。我赶紧打回去。

"你在哪儿?今天奶茶店怎么没开?为什么一直不接电话啊?"

他一接通就着急地问个不停,让我想起初次见面时他急吼吼的样子。

"我在孤儿院。"

"孤?儿?院?"他大叫,"你跑那儿干吗?"

"我以为你已经从梦里知道了,我约你今天在这儿见面的。"

我握着手机,松了口气,原来他真的不是故意不来。

"奶茶我都喝了,但是昨晚没做梦。也许是做了梦,但被那只小家伙吃掉了,所以醒来什么也不记得了。"

"什么小家伙?"

第十三章 这就是我小时候住的地方

"食梦貘。昨天我们社团的同学在灌木丛里捉到的,打算送到研究所。我一听说就赶紧回去抢走,先养在宿舍了。"

我的脑袋有点儿蒙:"居然真的有食梦貘这种动物?!"

"嗯,跟你家那个摆件一模一样,只不过身形大一些。"

"你要养一只食梦貘做宠物?"

"是为你养的,"他解释道,"不是有那个传说嘛,被食梦貘吃掉的噩梦将不复存在。"

"啊,"我忽然想起院长爷爷的话,忍不住问,"你是食梦貘变的吗?"

"什么?"他好像没听懂,只是自顾自地说下去,"美梦人人都喜欢,噩梦却避之不及。你的快乐和荣光,谁都想分享,但真正的朋友,应该同甘共苦。我愿意分担你藏起的痛苦,了解你的悲伤,弥补你的遗憾。你可以把你的恐惧和难过留给我,哦,还有这只

正在咬我鞋带的食梦貘。"

"是谁的电话?是那个买噩梦的人吗?"院长爷爷走过来。

起风了,哗哗的落叶几乎要把我埋住,好像树林要给我一个大大的、温柔的拥抱。

第十四章

后来的事

卖梦人的梦

如果故事在这里结束,你会不会表示抗议呢?

好吧,那我就再讲一点儿后来的事。

去孤儿院那天,因为时间太晚,回市中心的车已经停运了,我就在孤儿院住下了。第二天上午,默默带了一些玩具和文具过来,我们陪这里的孩子们玩了一会儿,然后一起离开。

回去的车上,我给他讲了自己在孤儿院的童年,以及刚刚得知的不可思议的身世。

"你说,院长爷爷说的是真的吗?树真的能变成人?会不会是善意的谎言?"我问。

默默的反应让我有点儿意外。

第十四章 后来的事

他说:"这个重要吗?"

我一时竟不知该如何回答。

"管他是不是真的呢,反正都过去二十多年了。"他笑道,"你现在过得好不好,才是最重要的。"

我有点儿不高兴:"这个当然重要,非常重要!"

"为什么?"

"被选择和被舍弃,对我来说意味着被认可和被否定。之前我总觉得,一定是因为我不够好,才会被父母抛弃。如果我的身世真如院长爷爷所说,那么误解就会消除,我不是被抛弃的,我才……"

"你才觉得自己并不差,是有价值、值得被爱的?"

我点点头。

"你真傻。"默默正色道,"你的价值,怎么能由别人来决定呢?"

我诧异地看着他。

"人天生希望得到别人的认可和喜爱,这没什么,但更重要的是,你要深深地认可自己,接纳自己,爱

卖梦人的梦

自己。这样一来,你的心就踏实了,就不会总是焦虑不安、反复怀疑,在意别人怎么看待你。"

我听得哑口无言。这些话对我冲击太大了,但确实很有道理。

"林林,你很好,你很棒。就算你真的被抛弃过,你也是珍贵的、独一无二的存在。"

默默担忧地看着我,眼神里仿佛忍着痛——与其说是同情怜悯,不如说更接近于一种慈悲。

"谢谢你这么信任我,把不愿提及的童年告诉了我。说真的,我想提醒你:不要压抑和逃避。你知道你为什么总做那个噩梦吗?压抑和逃避的一切,都会在梦里重现,变本加厉地折磨你啊。"

他轻轻拍了拍我的肩。

"接受你是孤儿的事实,不管你是不是从树变来的。勇敢面对你忧郁的童年记忆。你没有家,但可以自己建一个家;你没有快乐的童年,但还有机会创造出快乐的青年、中年和晚年嘛。"

第十四章 后来的事

我一句话也说不出来,他也不再说话,我们陷入了长久的沉默。

汽车朝太阳升起的方向驶去。望着车窗外飞驰而过的秋景,我感觉心里有什么坚硬的东西在慢慢化开。

后来,生活依旧:我继续卖奶茶,默默继续上课,时不时来店里帮忙,陪我聊天。我们偶尔会一起回孤儿院看望院长爷爷。我每次都准备一些有美梦的奶茶,带给那里的孩子。

对了,默默偷偷养在宿舍里的那只食梦貘,没几天就跑掉了。他发动同学们满校园搜寻,最终也没有找到。就像我床头的那只食梦貘摆件一样,它消失得那么突然,那么彻底。

不过,我似乎也不太需要食梦貘了——说来也怪,从孤儿院回来后,我的噩梦越来越少了。

第二年夏天,默默毕业。即将离开这座城市时,他最后一次来到我店里。

第十四章 后来的事

"最后再给我来一杯噩梦奶茶吧。"他说。

"抱歉，没货了。"我拉开装叶子的抽屉，"我已经很久没做过噩梦了。美梦奶茶可以吗？"

"太好了，祝贺你。"他笑了，有些欣慰，也有些感伤，"这我就放心了。"

是的，你没看错，默默最后还是离开了，他去了另一座城市。虽然我清楚地记得，他曾半开玩笑地说过，毕业后要来我的店里卖三明治。

他的梦想是开一家宠物医院，救助很多很多动物。真正的好朋友，应该为对方考虑，对吧？我应该支持他去做自己喜欢的事，而不是为了有人陪我而劝他留下来。

再说，不管离得多远，我们都是彼此惦念的好朋友。只要想着对方，我们的心就是在一起的。

很久很久之后，有一天，我忽然想到：难道他真是食梦貘变的？是他把我的噩梦全都吃掉了？

不知道。这个不重要。

卖梦人的梦

祝他幸福快乐。

祝我幸福快乐。

祝所有人都幸福快乐,美梦成真。

后记

一场梦

卖梦人的梦

一 场 梦

高 源

1

我的梦很多。真的很多。我每天晚上睡觉都做梦,就连睡个午觉都要做好几个梦。梦太多还挺累的,又没有什么办法控制。

2016年,我在日记里无奈地写道:"我的梦太多了,谁能帮我分担一点儿?美梦人人都喜欢,那噩梦怎么办?"一篇童话的种子就此播下了。

2017年,我的大学室友的桌子上出现了一大一小两只模样奇怪的摆件,我看了半天也认不出是什么。她告诉我这叫食梦貘,是传说中的一种以梦为食的动物。"太好了,"我心想,"或许它们可以帮我吃掉一些梦,减轻我的负担。"

2018年,《儿童文学》的编辑邀请我参加"温泉杯"短篇童话大赛。我很少写童话,平均两年才写一篇。借此契机,我终于把酝酿了两三年的梦的故事写了出来,取名《买噩梦的人》。

后记

2019年,《买噩梦的人》发表,得到了许多小读者的喜欢,并且获了奖。但短短六千多字,很多情节无法展开,我想,以后有机会,一定要把它改写成中长篇。

2021年,孙建江老师在编一套书,提议把《买噩梦的人》扩写成中篇,与我之前的想法不谋而合,我便不假思索地答应了。

2022年完稿,取名《卖梦人的梦》。

2

这是一个关于治愈的故事,在富有趣味性的情节之下,尝试探索梦与现实的关系、人与梦的关系、人与他人的关系、人与自己的关系。

梦不是凭空而来,梦源自内心,关联着人的潜意识。美梦反映了人在现实中的渴望与憧憬,噩梦反映了人深层的恐惧与创伤。梦的出现能帮助人更清晰地观察内心,更深入地认识自己。

在短篇童话《买噩梦的人》里,故事结束在孤儿院。女孩之所以得到治愈,是因为男孩对她的关爱,以及她的身世之谜的解开——她知道自己一直都是被爱着的。

在重写这个故事的过程中,我意识到一个问题:假如她真的是被父母抛弃的,假如男孩后来也离开了她,她还会幸福快乐吗?治愈的发生,不能依赖于他人对她的爱与认可,这不是最终的成长。真正带来治愈的,不应是外界的改变,而是内在

的成熟。

于是,我在《卖梦人的梦》里对主题做了一点儿延伸,给出了一个不那么完美,但更有力也更踏实的结局:女孩勇敢地面对和接纳过去的创伤,内心变得强韧而完整,即便男孩并没有留下来陪伴她,她也能够独自快乐地生活。

正如男孩提醒她的:"就算你真的被抛弃过,你也是珍贵的、独一无二的存在。"一个内心强大的人,无论被外界如何对待,都能始终温柔坚定地爱着自己,并且给予别人爱。她究竟是不是由树变来的,是不是被父母抛弃过,一点儿也不重要;男孩最终有没有留在她身边,也没有什么关系。她做着自己喜欢的事,用自己的方式服务他人,享受生活,这才是最重要的。

短篇童话的名字是《买噩梦的人》,那个买噩梦的男孩是故事的重心;中篇童话改名为《卖梦人的梦》,女孩和她的梦才是真正的主角。她不再是被动地等待治愈,而是把主动权掌握在自己手里。只有完成了真正的成长,才能拥有更加坚实、独立、自由、丰盛的爱。

短篇有一个温情的结尾,中篇则有一个更为现实的结束。我想,我要做的,不是用作者的特权轻易地给出一个大团圆式的结局,而是在直面现实的同时,用童话的方式给读者注入一点儿力量。

3

梦与现实的本质区别是什么？有时候经历了一些事，感觉像做梦一样；有时候做了个梦，感觉像真的一样。如何判断发生的一切是不是梦呢？我时常感到恍惚。

此时此刻，当我坐在这里写下这些话，怎么才能确认自己不是在梦里呢？也许这一生就是一场很长很长的梦，等我醒来时，我会发现自己身处另一个更加"真实"的世界。

导读

比梦更重要的
是理解和关爱

比梦更重要的是理解和关爱

吴其南

梦一直是文学钟爱的题材,在儿童文学、青少年文学中尤其如此。原因也不难解释:童年、青少年时期本是多梦的季节,当人们尊重生活的真实,将目光投向真实的儿童、青少年生活时,梦自然成为一个被关注的对象。高源的《卖梦人的梦》应是这一题材最新的例子。

林芽大学毕业后在校门口开了一家奶茶店,主要向年轻人出售奶茶。她的奶茶和别人家的奶茶不同,喝了她家的奶茶可以做各种各样的梦。之所以如此,按故事的设定,是因为林芽的头发里能长出一些特殊的叶子,各种各样的梦就是因为加进不同的叶子泡的水调制出来的。不同的叶子调制出不同的梦,绝大多数人自然是要美梦的。现实生活已经够辛苦的了,累了一天,晚上做个梦,还要那么辛苦那么累吗?林芽的融有梦的

奶茶生意做得那么好，除了她自己的经营，也因为它适应了社会的需要。给人送去好梦，让人在梦中遇见自己想要的幸福，应该也是一份有意义的工作。

但夏默为什么要买噩梦呢？这就涉及人们对梦的理解了。对梦有许多理解和阐释的方法，现代人最熟悉的是弗洛伊德的精神分析。弗洛伊德说，梦是童年创伤性经验被压抑后的转移和升华。一个人很小的时候受到挫折，环境又不允许他将挫折后的感受宣泄出来，只好埋进心里，形成潜意识。将这种潜意识转移和表现出来，就是梦或文学艺术作品。梦和文学艺术作品是潜意识的化妆表演。所以，林芽所卖的奶茶，溶解在这些奶茶中的梦，虽然是应买奶茶者的需求调制的，表现着他们对奶茶的愿望，但这些梦毕竟是加入从林芽头发里长出来的叶子制成的，是多少渗入了卖奶茶人自己的潜意识的。一般的消费者可能没有太注意，但故事中的默默是一个敏感的人，善于理解别人的人，他一定是从奶茶中发现了这种来自奶茶出售者的信息，由此产生了了解对方、走入对方内心世界的愿望。事实证明，他是对的。林芽卖融有梦的奶茶，无意中却暴露了自己的不幸遭遇：她是一个孤儿，很小的时候就被父母抛弃了，从小是在孤儿院长大的。这成为她心灵解不开的结。这一情结反映在奶茶——她创作的作品中，敏感如默默者便品出某些与噩梦相关的内容。这在很大程度上也是林芽敞开自己的结果。敞开、说出来就是正视，就是将对象放到一定距离外去观照，这

其实也就是放下。其实,正视了,放下了,解开了,也没有什么大不了的。从小被父母抛弃、在孤儿院长大,这对一个幼小的生灵无疑是巨大的打击,不可避免地在心灵中留下浓重的阴影,但在孤儿院受到老师的关怀,受到许多好心人的帮助,这不是又从另一个方面使人感到世界的温暖?故事的结尾,孤儿院的院长告诉林芽说她原来是一棵树变的,这有点儿浪漫,有点儿幻想,但也不是全无凭据。将世界看作一片大地,林芽像一颗种子,从父母的怀抱里遗落下来,落到大地上,成了树,成了大地的女儿。

  关键在人与人之间的关心和理解。林芽努力关心别人,想给别人送去好梦。还原到现实生活,我们可以将林芽的奶茶看作是一个女孩的创作、写作,或各种有益于社会的工作。如当医生,帮助别人解除或缓解痛苦;或当老师,帮助许许多多的孩子圆梦。默默在感觉到林芽的奶茶中某些意味以后,努力走进她的心灵,也是出于对他人的关爱。"我知道你害怕什么,担忧什么,能分担就分担一点儿,能帮就帮一下——大家都是好朋友嘛。"包括他最后的离开,也是让林芽通过自己的努力,更好地从昔日的梦魇中走出来。在弗洛伊德的精神分析理论里,"说出来"是关键的一步,但是,仅有这一步还是不够的,正视往昔的不幸有时仍须别人的帮助,但主要靠自己。林芽已经将自己的噩梦说出来了,敢于正视它了,但如何在生活中找到自己、实现自己,还要走很长的路。《卖梦人的梦》说

的本是一个忧伤的故事,但作者以自己的心温暖了它,也让读者在阅读中感受到了世界的温暖。

《卖梦人的梦》采用了梦的一般叙事模式,但又有自己的创造。常见的梦故事,多是梦醒者说梦。有一个梦的框架,叙述者站在梦的外面,对梦中的故事进行叙述和评价。这种叙述的好处是既保持梦的迷蒙又保证叙事本身的清醒,使叙事有较强的理性。《卖梦人的梦》一开始就采取童话的假定方式,把故事放在一个虚拟、假定的环境中,读者一走进故事就应该意识到,这是一个非写实的环境,我们不能拿写实主义文学的标准,如细节真实一类,去要求它。要不,如何解释从人的身上长出树叶这种奇迹呢?但一放在童话的语境中,这一切就迎刃而解了。童话是一种非写实性的文学,它不寻求故事本身的真实性,更不在乎细节的真实,讲求的是虚虚实实,在假定的、虚拟的故事中,寻求意蕴层面上的真实性,犹如我们在抽象画中见到的情景一样。梦故事本来就有些迷蒙,借用童话的表现方式,就在保留梦的迷蒙、梦的摇曳多姿的同时,将故事引入理性的轨道。《卖梦人的梦》由于较成功地运用了这些叙事技巧,一个有点儿玄幻的故事也变得好理解了。

(吴其南:评论家,温州大学教授)